Jan Eik

Wer nicht stirbt zur rechten Zeit

DELIKTE
INDIZIEN
ERMITTLUNGEN
DIE
KRIMIS

JAN EIK

WER NICHT STIRBT
ZUR RECHTEN ZEIT

DELIKTE
INDIZIEN
ERMITTLUNGEN
DIE
KRIMIS

KOMET

Zuerst veröffentlicht 1991
Das Neue Berlin Verlagsgesellschaft mbH, Berlin

Satz: Bild1Druck GmbH, Berlin
Gesamtherstellung: KOMET Verlag GmbH, Köln

ISBN 978-3-86941-307-5

www.komet-verlag.de

1

Der Leichenwagen bahnte sich seinen Weg durch die menschenleere Allee und kam nicht von der Stelle. In dem schwarzen Metallbehältnis auf der Ladefläche klapperte es hohl. Der Motor dröhnte, und das Signalhorn jaulte ununterbrochen.

Ganz allmählich nur glitt Dietmar Timm in die Wirklichkeit des trüben Oktobermorgens. Direkt unter dem Fenster polterte das Mahlwerk des Müllfahrzeugs, ein Geräusch, gegen das der Wecker mit seinem schrillen Piepsen vergeblich ankämpfte. Ein Wunder, dass er den überhaupt eingeschaltet hatte. Schwerfällig richtete er sich auf. Sein Kopf schmerzte. Im Mund spürte er einen pelzigen Belag. Die Luft im Zimmer war grau wie Zigarettenrauch und schmeckte auch so. Vorsichtig schüttelte er die Schachtel auf dem Couchtisch. Sie war leer. Die Wodkaflasche daneben enthielt noch eine daumenbreite Neige.

Angeekelt zog Timm die Schulterblätter zusammen, gab sich einen Ruck und erhob sich. Er trug noch die Unterwäsche vom Vortag. Unsicher tappte er zum Fenster und riss es auf. Im Nu füllte ein Schwall von Dieselgestank den Raum. Das Müllauto schepperte unerträglich laut. Übelkeit überkam ihn. Er schloss das Fenster mit einem harten Knall.

Erst mal unter die kalte Dusche, dachte er. Wenn er sich nicht beeilte, war das Bad besetzt.

Er hatte kein Gefühl dafür, ob das Wasser zu heiß oder zu kalt auf ihn herabprasselte. Die Haut brannte, und er schloss die Augen, bis eine Stimme in sein Bewusstsein drang.

»Spritz bitte nicht alles voll!«

Er wandte seiner Frau den Rücken zu und antwortete nicht. Das eisige Wasser rann durch sein dichtes schwarzes Haar und kühlte schmerzhaft angenehm die Stirn.

Als er wieder ins Wohnzimmer trat, war sie dabei, das Bettzeug zusammenzulegen und in der Schlafcouch zu verstauen. »Guten Morgen«, sagte er so freundlich wie möglich.

»Räum deinen Schnaps weg«, antwortete sie rau und beugte sich weit vornüber. Ihr Nachthemd war sehr kurz.

»Heike …«, sagte Dietmar Timm tonlos, aber sie reagierte nur mit einem unwilligen Laut. Für einen Moment war er versucht, sie anzufassen, sich an sie zu drängen, doch er beherrschte sich. Stattdessen griff er gehorsam nach Flasche und Glas, knüllte die Zigarettenschachtel zusammen und trottete in die Küche. Er goss den Wodkarest in den Ausguss und schob die Flasche hinter den Mülleimer. Wenn er jetzt auch noch zu saufen anfing, würde sie überhaupt nie wieder mit ihm schlafen.

Dabei hatte er den Wodka gekauft, um sich mit ihr auszusprechen und zu versöhnen. Wodka mit Kirschsaft, bei dem Getränk hatten sie sich kennengelernt. Sogar Kirschsaft hatte er aufgetrieben.

Und dann war sie während der *Aktuellen Kamera* durchs Zimmer in die Küche gefegt, nur mit einem Seitenblick auf den Bildschirm, auf dem der gerade gewählte Staatsratsvorsitzende die Zähne bleckte, und hatte durch die offen stehende Tür gerufen: »Der muss auch noch weg! So schnell wie möglich!«

Timm war nicht einmal zusammengezuckt. In den vergangenen Wochen hatte er sich von ihr noch ganz andere Sprüche anhören müssen. Außerdem mochte er den Mann auch nicht.

»Man muss ihm wenigstens eine Chance geben«, sagte er dennoch, so laut, dass sie es hören musste.

Sie steckte den Kopf durch die Tür. »Alles im Griff auf dem sinkenden Schiff«, sagte sie in dem sarkastischen Ton, der ihn verletzte. »Mit dem und deiner Partei wird das nie was. Wie lange willst du da noch mitmachen?«

Gar nicht mehr, hätte er am liebsten entgegnet, aber so einfach war das alles nicht, und so sagte er, um sie wenigstens ein bisschen zu beruhigen: »Ich habe schon seit zwei Monaten keinen Beitrag bezahlt.«

Es war falsch, damit zu prahlen. Der gemütliche Abend endete in einer Auseinandersetzung mit Türenknallen und Heikes endgültigem Auszug ins Kinderzimmer. Ihm war der Wodka geblieben.

Er stand vor dem Kühlschrank und kämpfte gegen eine neue Welle von Übelkeit an. Er war es nicht gewohnt, zu trinken. Und noch weniger war er es gewohnt, sich sein Frühstück selber zuzubereiten. Lustlos biss er in ein trockenes Knäckebrot. Er musste etwas essen, sonst würde ihm in der Straßenbahn schlecht werden.

Seit drei Wochen ging das so. Genauer: seit er über den 40. Jahrestag drei Tage und drei Nächte nicht nach Hause gekommen war. Ständige Bereitschaft. Dafür hatte sie bis dahin immer Verständnis gehabt. Sie wusste ja, dass sie nicht mit einem Buchhalter verheiratet war.

Aber auch nicht mit einem Schläger, hatte sie wütend gesagt, als er am 10. Oktober endlich todmüde zu Hause aufgetaucht war, und ihn für die Verletzten verantwortlich gemacht, die in der Praxis behandelt worden waren.

Eigentlich war es schon vor diesen Ereignissen nicht mehr gut gegangen in ihrer Ehe. Seit August vielleicht, oder seit Juli. Jeden Abend hatte Heike sich das angeguckt, wie die Leute die Zäune der Botschaften überkletterten, wie sie die Grenzsperren zu Österreich stürmten. Und sie hatte begonnen, von einer Ungarnreise zu schwärmen.

Oder hatte es bereits vor einem Jahr im November angefangen, als er noch versucht hatte, ihr das SPUTNIK-Verbot zu erklären?

Das kannst du deinen Toten erzählen, oder deinen Genossen, die keine Krempe am Hut haben! Ich habe den ganzen Tag mit normalen und lebendigen Menschen zu tun. Die lassen sich nicht länger für dumm verkaufen!

Gewiss, in so einer Arztpraxis verkehrten ganz durchschnittliche Menschen. Aber zu viele Rentner für einen repräsentativen Querschnitt. Und der Doktor selber, von dem Heike unaufhörlich sprach, das war auch kein ganz gewöhnlicher Bürger. Ein eingebildeter Fatzke und ein Reaktionär, wenn nur die Hälfte von dem stimmte, was Heike erzählte.

Timm blies in den heißen Tee und versuchte, einen klaren Gedanken zu fassen. Es war nicht gut, dass dieser Doktor einen so starken Einfluss auf Heike ausübte.

»Bringst du Steve zur Schule?«

Ihre Stimme ließ jede Spur von Freundlichkeit vermissen. Hätte sie nicht wenigstens fragen können: Warum setzt du dich nicht hin beim Frühstück?

»Ich fahre nicht mit dem Auto«, sagte er. »Das entspricht doch deinen grünen Ambitionen, oder?«

Sie bedachte ihn mit einem Seitenblick und schwieg.

Der Junge hatte die Absage gehört und drängte sich an ihr vorbei in das Küchenkabuff. »Och, Pappa«, bettelte er, »bloß heute mal, ja?«

Timm stellte den Teetopf ab und beugte sich zu seinem Sohn. »Heute geht es wirklich nicht, Stevie .«

»Dein Vater ist noch besoffen«, sagte Heike in ihrer charmanten Art. Sie hatte sich einen Morgenmantel übergezogen und begann, Brot zu toasten.

Der Junge guckte seinen Vater ungläubig an. Er hatte kupferrotes Haar und die gleiche volle Unterlippe wie seine Mutter. Die schob er jetzt vor, als wolle er in Tränen ausbrechen.

»Schtewe!«, mahnte Timm, doch der Junge fand das gar nicht komisch. Er hatte sich längst an diese Aussprache seines Namens gewöhnen müssen, wie Timm das von Anfang an befürchtet hatte. Er hatte Heike nachgegeben, die blass und schön in den Kissen gelehnt und auf Steve beharrt hatte. Von Georg, seinem Vorschlag, war nicht mehr die Rede gewesen.

Als er im winzigen Flur vor dem Spiegel seinen dunklen Schlips umband, tauchte unerwartet Heike neben ihm auf. In ihren Augen war zu viel Weiß zwischen der grünlichen Iris und dem unteren Lid. Das machte diesen besonderen Blick aus, der über alles hinweg in die Ferne gerichtet schien und dem Timm auch nach sieben Jahren Ehe noch verfallen war wie am ersten Tag ihrer Bekanntschaft. »Gib diesen Scheißjob auf, Didi. Das nimmt kein gutes Ende!«

Er griff nach seinem dunklen Trenchcoat und sagte, ohne sie anzusehen: »Was soll ich denn machen?«, dass er gelernter Schweinezüchter war, wusste sie. Besamungsfacharbeiter. Hielt sie das in diesen Zeiten für eine Existenzgrundlage?

Sie wandte sich wortlos ab. Aus dem Zimmer krähte der Junge: »Aber morgen bist du nüchtern?« Er wartete nicht auf den Fahrstuhl und stieg die drei Treppen hinunter. Im Kasten steckte die BERLINER ZEITUNG.

Das Zentralorgan hatte Heike abbestellt, ohne ihn zu fragen.

Er schlug die Zeitung auf. Der neue Vorsitzende blickte himmelwärts in die Zukunft. Um ihn herum standen die alten Figuren.

2

Es war ein ruhiger Vormittag bei der Firma LEBEN & TOD. Irgendein Scherzbold hatte ihnen diesen Namen angehängt, und dabei war es geblieben, weil es ja wie ein Witz klang, dass sie zur Abteilung GESUNDHEIT und LEBEN gehörten, obwohl sie sich ausschließlich mit Toten beschäftigten. Genauer gesagt: mit den nicht natürlichen Todesfällen.

Im Jahr waren das ungefähr achthundert bis tausend Leichen, ohne die Verkehrsunfälle, und gut ein Viertel davon machten die Selbstmörder aus. Zwei solcher Fälle bearbeitete der Oberleutnant der Kriminalpolizei Dietmar Timm im Augenblick. Er fühlte sich deprimiert, wie so oft bei seiner Arbeit, und elend noch dazu nach dieser Nacht. Kein Wunder, dass er nicht recht vorankam mit dem Vorgang, der einen 79-jährigen Rentner betraf. Der hatte sich aus Furcht vor einem Umzug aufgehängt, wenn man dem Abschiedsbrief und den Nachbarn glauben durfte. Timm sah keine Veranlassung, den Indizien zu misstrauen, und schrieb unkonzentriert an der Endfassung des Untersuchungsberichts.

Er hatte das Zimmer ganz für sich. Lachmuth, der ihm sonst gegenübersaß und ihm mit seinen Nichtraucherallüren und seiner trockenen berlinischen Nörgelei auf die Nerven ging, war seit September auf der Parteischule. Timm wollte es nicht wahrhaben – aber irgendwie fehlte ihm Lachmuth, zu dem er von allen aus der Gruppe noch den besten Kontakt hatte.

Timm hatte den Job in dieser Abteilung anfangs gewissermaßen als Sprungbrett für eine steile Karriere in der Hauptstadt betrachtet. Im Stillen hatte er gehofft, auf diesem kriminalistisch sicherlich schlecht beackerten Feld überraschende Spuren verborgener Untaten aufzuspüren und allein schon dadurch auf seine überragenden Fähigkeiten aufmerksam machen zu können.

Manchmal entsann er sich dieser geradezu kindlichen Erwartungen. Die raffiniert getarnten Morde waren in der Großstadt so dünn gesät wie daheim im Kreisgebiet, und er war froh, allmählich wenigstens seinen Blick für typische Situationsfehler geschult zu haben. Den brauchte man, um wirkliche Auffälligkeiten zu entdecken. Ein Blutbad beispielsweise war selten Zeichen einer Gewalttat. Ein Verblutender in Todesangst konnte eine Wohnung schlimm zurichten.

Dieberg kam herein, mit einem Zettel in der Hand. »Du wohnst doch in Hohenschönhausen«, sagte er auf seine grämliche Art. »Wir haben da einen toten Künstler. Der Arzt möchte das nicht alleine verantworten.«

»Wer möchte das schon«, entgegnete Timm und stand auf. »Alleine was verantworten. Das haben wir alle nicht gelernt.«

Dieberg runzelte die Stirn. Sein flächiges weißes Gesicht sah ein bisschen aus wie das eines der zigtausend Klienten, die der Hauptmann im Verlauf von drei Jahrzehnten bei LEBEN & TOD begutachtet hatte.

Eine Leichenbittermiene, dachte Timm und guckte

auf die Uhr. Gleich halb eins, seine übliche Mittagszeit. Leichensachen waren Sofortsachen, das predigte Dieberg oft genug. Aber bevor man einen Toten besichtigte, für den ein Mediziner keine Verantwortung übernehmen wollte, war es besser, etwas zu essen.

Er nahm seinem Vorgesetzten den Zettel aus der Hand. »Ich gehe durch die Kantine zum Fahrdienst. Ist die Technik informiert?«

Dieberg nickte. »Gräfe fährt mit.«

Timm hob die Augenbrauen, sagte aber nichts. Wie er Gräfe – genannt *der Kellner* – kannte, würde er den in der Kantine treffen, das Täschchen mit der allernotwendigsten Ausrüstung schon bei sich.

Der tote Künstler wohnte in einer besseren Gegend von Hohenschönhausen als Timm. In den stillen Straßen rings um die beiden Seen herum standen prächtige Häuser. Mit Steve im Kinderwagen war Familie Timm dort sonntags manchmal spazieren gegangen, doch Heike liebte die Gegend nicht. Bonzenviertel!, äußerte sie so laut und abfällig, dass Timm befürchtete, jemand könnte es durch die messingverbrämten Wechselsprechanlagen hören, die einheitlich so viele Torpfosten zierten.

Am Gartentor des toten Künstlers fehlte eine solche Anlage. Klobige Kupferbuchstaben verrieten, wer hier wohnte: R. A. SEIBOLD. Timm entsann sich nur dunkel, den Namen im Zusammenhang mit Kunst gehört zu haben. Das besagte nichts. Seine Kenntnisse außerhalb von Kriminalistik, Gerichtsmedizin und Sport waren nicht eben berauschend, fand zumindest seine Frau.

Timm klingelte. In einer solchen Umgebung hieß das wohl Läuten; aber aus dem Haus, einem ockerfarbenen Würfelbau auf einem Klinkersockel, drang nur ein ordinärer Schrillton. Sonst blieb es still. Er klinkte. Das Tor war verschlossen. Unter einem Schleppdach aus ehemals durchsichtigen Kunststoffplatten stand ein roter Wartburg.

Gräfe verzog das sommersprossige Mondgesicht und machte seinem Beinamen alle Ehre. Er lümmelte an dem Torpfosten wie ein gelangweilter Kellner an der Theke. Erst als sich nach geraumer Zeit die Haustür öffnete und eine Frau auf die oberste Stufe der Vortreppe trat, nahm er so etwas wie Haltung an.

Die Frau war eine eindrucksvolle Erscheinung in einem lockeren dunklen Gewand, etwa eins siebzig groß und nicht ganz schlank und auch nicht mehr jung. Eben eine gut aussehende Dame, die in diese Gegend und in das Haus eines Künstlers passte.

»Frau Seibold?«, fragte Timm sicherheitshalber. Hinter ihm schnaufte Gräfe unwillig. Wer sonst sollte die Dunkelgekleidete sein als die Witwe des Verblichenen.

In der Hoffnung, dass nicht alle Nachbarn mithörten, stellte Timm sich in unterdrückter Lautstärke vor und unterließ es, Gräfes Namen und Dienstrang zu nennen.

Ihre Miene blieb unverbindlich. »Bitte, warten Sie«, sagte sie und schloss die Tür hinter sich wieder.

Timm blickte über die Schulter zu Gräfe. Der, von

erstaunlich schneller Entschlusskraft, griff über das Gittertor, manipulierte einen Augenblick am Schloss herum, und das Tor schwang auf.

Sie hatten die sieben Stufen bis zur Haustür noch nicht erklommen, als die Frau aus der Tür trat, ein Schlüsselbund in der Hand. Sie sah auch von Nahem gut aus, ein wenig blass vielleicht unter der sorgfältig aufgetragenen Schminke. Wen wunderte das nach einem Todesfall in der Familie? Immerhin war ihre Wimperntusche nicht verlaufen, und die blauen Lidschatten kontrastierten wirkungsvoll zu ihrem schulterlangen dunklen Haar.

Frau Seibold sah die Eindringlinge aus ihrer etwas höheren Position kühl an und sagte: »Links herum zum Atelier bitte.«

»Der Arzt ist noch bei dem Verstorbenen?«, erkundigte sich Timm.

Frau Seibold ging ihnen voran um das abgestellte Auto herum. »Die Frau Doktor hatte es sehr eilig, zu ihren Patienten zurückzukommen«, sagte sie in einem Tonfall, dem Timm entnahm, was sie von der eiligen Medizinerin hielt.

Der Garten hinter dem Haus bestand im Wesentlichen aus einer ungepflegten Rasenfläche. Zwei Betonspuren führten auf einen flachen Bau mit einer breiten Fensterfront zu, der aussah wie ein Werkstattgebäude.

Sie schloss den rechten der beiden blechbeschlagenen Türflügel auf und ließ ihnen den Vortritt. Drinnen war es kühl, und es roch nicht gut. Ein strenger Geruch von Feuchtigkeit und kaltem Rauch, und kaum spürbar darüber die unverwechselbare süßliche Ausströmung, die Timms Nase vertraut war, und die ihm nur noch Übelkeit verursachte, wenn er sich so schlecht fühlte wie an diesem Tag.

»Ist das Atelier immer abgeschlossen?«, fragte er.

Sie schüttelte den Kopf. »Ich wollte nicht, dass jemand hereinkommt und einen Toten findet.«

Einen Toten, sagte sie. Nicht: meinen Mann. Timm registrierte es und ließ seinen Blick schweifen. Der Raum, ungefähr sechs mal acht Meter groß, war von gedämpftem Licht erfüllt. Die Leinenvorhänge vor der verglasten Front zum Garten filterten den schwachen Schein der Oktobersonne. Durch ein verschmutztes Oberlicht drang auch von oben Helligkeit herein.

Auf den ersten Blick sah es in dem großen Raum chaotisch aus. Zwei leere Staffeleien standen herum, bespannte Keilrahmen lehnten an den Wänden. Auf der Arbeitsfläche eines dreibeinigen Holzstativs war bräunlicher Gips so angehäuft, dass man sich mit etwas Mühe den Oberkörper einer weiblichen Figur vorzustellen vermochte. Der Rest der Modelliermasse trocknete in einem Gefäß auf den roten Bodenfliesen.

Timm fiel auf, dass die großformatigen Gemälde mit der Vorderseite zur Wand standen. Nur an der Längswand hing ein überdimensionales Bild, mit breiten Pinselstrichen in verwaschenen Farben gemalt. Es stellte einen Mann oder einen Jungen mit einer Fahne dar. Timm hatte im Augenblick andere Probleme, als sich mit der künstlerischen Qualität des Werkes auseinanderzusetzen. Direkt darunter, auf einem flachen Podest mit abgeschabten Kordsamtpolstern, lag der Tote, ein wenig zur Seite gekrümmt, bedeckt mit einer dünnen karierten Fransendecke. Er war unrasiert und wirkte trotz der kaum angegrauten Haare greisenhaft. Mit offenem Mund und halb geöffneten Augen bot er weiß Gott keinen erfreulichen Anblick.

Timm beugte sich nieder und hob die Decke. Der Mann trug ein olivfarbenes und an der Knopfleiste fleckiges Kordhemd, das aus dem offenen Hosenbund hing.

»Haben Sie ihn so gefunden?«

»Nein.«

Timm richtete sich auf und sah die Frau an. »Sondern?«

»Er lag dort drüben.« Die Frau wies zur rechten Wand, die bis zur Decke von einem Regal eingenommen wurde, in dem sich Bücher und Papierstöße mit Farbtuben und sonstigen Malerutensilien und tausenderlei anderen Gegenständen vermischten. Auf den beiden Arbeitstischen davor sah es nicht ordentlicher aus.

Gräfe schlenderte an dem Regal entlang und öffnete eine mit einem Plakat beklebte Tür, die Timm vorher nicht bemerkt hatte.

»Wo genau?«, fragte er die Frau.

Sie machte drei zögernde Schritte. »Ungefähr hier.«

Timm brauchte gar nicht zu Gräfe zu schauen, um zu wissen, dass der anklagend mit den Augen rollte.

»Wir konnten ihn schließlich nicht auf den kalten Steinen liegen lassen«, sagte die Frau und errötete.

Wahrscheinlich wurde ihr bewusst, wie wenig die Kälte dem Atelierbesitzer noch schaden konnte.

»Wir?«, wiederholte Timm.

»Frau Loebe und ich. Unsere Haushaltshilfe. Sie hat ihn gefunden.«

Sie sagte wiederum nicht: meinen Mann. »Verfügt Frau Loebe über einen eigenen Schlüssel zum Atelier?«

»Das Atelier ist immer offen. Ich glaube, ich habe es vorhin zum ersten Mal seit Jahren zugeschlossen.«

»Gut«, sagte Timm. »Dann brauche ich zuerst einmal den Personalausweis Ihres Mannes – und Ihren auch. Und die Frau Loebe – ist die noch da?«

»Ich habe sie nach Hause geschickt. Es ging ihr gar nicht gut nach diesem – Ereignis …«

Sie wandte sich zur Tür. »Die Papiere sind drüben im Haus.«

In der offenen Tür blieb sie stehen. »Ich glaube, Sie verschwenden hier Ihre Zeit«, sagte sie hoheitsvoll. »Das Missverständnis beruht wohl darauf, dass diese Ärztin Rudolf Seibold nicht kannte. Sein Hausarzt weiß, dass er – zu viel trank.«

Sie zögerte kaum merklich vor dem Eingeständnis. Timm war ihr dankbar. Gewöhnlich fiel es den Angehörigen schwer, sich der Kriminalpolizei gegenüber zu einer solchen Mitteilung durchzuringen.

Frau Seibold hatte den Türflügel noch nicht hinter sich geschlossen, als Gräfe in seiner schleppenden Sprechweise sagte: »Ich wusste, dass wir hier nicht mal ’n Fotoapparat brauchen.«

Timm kehrte den Untersuchungsführer heraus. »Du

machst trotzdem Bilder«, ordnete er unwirsch an. »Auffindungssituation und was sonst noch dazugehört.«

Gräfe begann, seine Ausrüstung auszupacken. »Wir können ihn ja auf den Boden zurücklegen«, schlug er sarkastisch vor.

»Hier ist ein Fleck«, stellte Timm fest, als er an der von Frau Seibold angegebenen Stelle die Bodenfliesen betrachtete.

»Hier sind Hunderte von Flecken. Du willst doch in diesem Saustall nicht etwa ernsthaft nach Spuren suchen?«

Unter seinen Kollegen war Gräfe als der am meisten auf Effizienz bedachte, um nicht zu sagen faulste Techniker bekannt, der nie ein Bild mehr schoss, als man unbedingt brauchte. Am Ende aber stellte sich immer heraus, dass seine gestochen scharfen Fotos und die Spuren, die er auf seine unwillige Art gesichert hatte, alles Wesentliche für die Aufklärung enthielten. Timm verspürte deshalb wenig Lust, sich auf eine Diskussion einzulassen.

»Wonach suchst du überhaupt?«, wollte Gräfe wissen, während er durch den Sucher den Leichnam anvisierte und das Blitzlicht aufleuchtete. »Nimm mal die Decke weg.«

Timm zog die Fransendecke von dem Körper. Gräfe hatte recht. Wie meistens. Das machte seine Bemerkungen besonders unerträglich. Wonach suchten sie hier? Ein Gewohnheitstrinker, der einen zu viel genommen hatte oder einfach an Herzversagen gestorben war – das passte durchaus zu dem äußerlichen Befund der Leiche. Der Mann wirkte ungepflegt. Die braune Tuchhose mit dem offenen Hosenbund und den ausgebeulten Knien war zerknautscht und ebenfalls fleckig. Durch ein Loch in der grob gestrickten grauen Wollsocke guckte der gelbliche Nagel der linken großen Zehe.

»Wir drehen ihn mal um«, schlug Timm vor.

»Wozu?«, knurrte Gräfe, war aber immerhin bereit, die Hosenbeine anzufassen und den Körper des Verstorbenen nach rechts zu drehen. »Zufrieden?«, fragte er, und man sah ihm deutlich an, für wie sinnvoll er Timms Aktion hielt.

Timm warf einen Blick auf die grauvioletten Totenflecke unter der Haut des Leichnams und zog das Hemd wieder über den hageren Leib.

Er richtete sich auf und sah sich noch einmal um. Gläser und Flaschen standen nirgends herum, soweit sich das bei der herrschenden Unordnung überhaupt überblicken ließ.

Er öffnete die Tür zu dem Nebengelass, das größer war, als er erwartet hatte. Links gab es eine Dusche und ein Klo, beides in einigermaßen sauberem Zustand. Geradezu stand unter einem kleinen Fenster auf einer Anrichte ein Elektrokocher. In dem Raum rechts, nur mit einem Vorhang abgeteilt, befanden sich ein altmodischer Kleiderschrank, ein Bücherregal, auf dem ein Fernseher stand, und eine breite Liege, ordentlich mit einer Diwandecke abgedeckt. Anscheinend hatte der Künstler hier seine schöpferischen Pausen verbracht.

In den beiden oberen Schrankfächern lagen, sorgfältig gestapelt, Unterwäsche und Pullover, auf der Garderobenstange hingen mindestens zehn Hemden und mehrere Hosen und Jacken. Timm begann, die Kleidungsstücke zu durchsuchen, gab sein Vorhaben aber auf, als er im Nu mindestens ein Dutzend verschiedener Gegenstände zutage gefördert hatte.

Er griff hinter die Wäsche und fand eine flache Flasche, die einmal Gin enthalten hatte.

Ihm fiel auf, wie kühl es auch in diesem Raum war. Der Heizkörper unter dem Fenster war kalt.

»Was Interessantes?«, fragte Gräfe von der Tür her.

»Guck dich um.« Timm wies den Flachmann vor. »Ich nehme inzwischen die Personalien auf und telefoniere, damit die Leiche abgeholt wird.«

Gräfe verzog das Gesicht wie ein Kellner, dem man zum zweiten Mal an diesem Tag zu wenig Trinkgeld gereicht hat.

Das Telefon stand in der Diele auf einem spinnenbeinigen ovalen Tischchen. War Seibold jedes Mal hier herüber ins Haus gelaufen, wenn er telefonieren wollte?

Die Frau erschien erst wieder, als Timm mit seinem Gespräch fertig war, und bat ihn ins Wohnzimmer. Der Raum, der gut zwei Drittel des Erdgeschosses einnahm, hätte Timms Frau gewiss zu Entzückensschreien hingerissen. Gemessen an ihrem Ordnungssinn, sah es allerdings auch hier aus wie bei Hempels unterm Sofa. Er selber war eher geneigt, Mobiliar und Stil der Einrichtung wie auch die Hausherrin als extravagant zu bezeichnen. In diesem Wohnsaal gab es nicht einmal eine Schrankwand.

Die Frau des Malers ging so dicht an Timm vorbei, dass ihm ihre frische Parfümnote in die Nase fuhr.

»Nehmen Sie bitte Platz.« Sie wies auf ein großblumig besticktes Sofa mit zierlichen Beinen, auf das Timm sich vorsichtig niederließ, nachdem er unauffällig ein Kleidungsstück beiseitegeschoben hatte.

Die Frau stand am Fenster und blickte schweigend hinüber zum Atelier. Timm ließ ihr Zeit. Außerdem war es nicht unangenehm, sie zu betrachten. Obwohl sie mindestens fünfzehn Jahre älter sein musste als er, gefiel sie ihm. Ja, etwa Mitte Vierzig mochte sie sein. Vielleicht auch schon fünfzig.

Ihr vermutliches Alter gemahnte Timm an seine Pflichten. »Die Personalausweise …«, sagte er.

Sie ging nicht darauf ein. »Was glauben Sie denn, woran Rudolf gestorben sein soll?«

»Wir glauben gar nichts«, sagte Timm sachlich. »Sind Sie denn ganz sicher, dass es sich um die Folgen von Alkoholmissbrauch handelt?«

Bei dem Wort Missbrauch zuckte sie, sagte aber: »Was sonst? Seine Gesundheit war seit Langem angegriffen.«

»Nahm er irgendwelche Medikamente?«

Sie überlegte. »Simagel vielleicht. Er litt unter Sodbrennen.«

»Keine Schlaf- oder Beruhigungsmittel?«

»Nicht dass ich wüsste.«

»Hatte er erbrochen, als Sie ihn fanden?«

Sie wandte sich ab, sodass Timm nur ihr Profil bewundern konnte.

»Frau Loebe hat ihn gefunden«, sagte sie mit gedämpfter Stimme. »Das muss so gegen halb elf gewesen sein. Sie rief mich völlig aufgelöst an, und ich kam selbstverständlich sofort. Ich habe versucht, den Arzt zu verständigen, und musste mich mit der Sprechstundenhilfe herumzanken, bevor die bereit war, wenigstens eine Vertretung zu schicken.«

»Frau Loebe rief Sie an?«, fragte Timm, als hätte er nicht recht verstanden.

»Im Geschäft. Ich betreibe in Karlshorst einen Kunsthandel.«

»Eine Boutique«, vermutete Timm.

Sie schien das Wort nicht zu mögen. »Eher eine kleine Galerie. Ich führe allerdings auch kunstgewerbliche Gegenstände, wenn Sie das meinen.«

»Sie verkaufen dort die Bilder Ihres Mannes?«

»Nein«, sagte sie, und ihr Missmut wurde noch deutlicher. »Er bevorzugte andere Sujets, als meine Kunden sie kaufen. Und andere Formate.«

»Bitte entschuldigen Sie meine Unkenntnis. Er ist ein sehr bekannter Maler?«

Zum ersten Mal lächelte sie, und das verschönte ihre Züge noch. »Sie sind zu jung«, sagte sie. Es klang so herablassend, wie es gemeint war. »Rudolf A. Seibold galt als einer der begabten Vertreter des jungen sozialistischen Realismus. Das war vor gut dreißig Jahren. Inzwischen hat sich mehr verändert, als Rudolf wahrhaben wollte. Noch vor Jahresfrist hätte das NEUE

DEUTSCHLAND morgen einen halbseitigen Nachruf auf ihn veröffentlicht.«

Timm sagte mit aller gebotenen Zurückhaltung: »Es wäre also möglich, dass Ihr Gatte sich bewusst in einen Zustand versetzt hat, der …«

Sie schüttelte zornig ihr schulterlanges Haar. »Was würde das für Sie ändern? Er war verbittert, gewiss. Und er hatte sich von allem zurückgezogen. Er lebte sein Leben, wie er es mochte.«

»Er wohnte also alleine in seinem Atelier«, vergewisserte sich Timm. Allmählich fühlte er sich auf diesem hochlehnigen Sofa höchst unwohl.

»Möchten Sie unsere Schlafzimmer inspizieren?«, fragte sie spitz. »Es ist sein Haus, und er hatte jederzeit Zutritt zu allen Räumen.«

»Wohnt außer Ihnen noch jemand hier?«

»Bis vor einigen Jahren lebte meine Tochter bei uns. Die lassen Sie bitte aus dieser Geschichte heraus.«

Ihr Ton war von Anfang an nicht der einer trauernden Witwe gewesen. Sie marschierte quer durch den Raum auf eine perlmuttgeschmückte Kommode zu und zog ein Schubfach auf. »Hier haben Sie Ihre Personalausweise«, sagte sie und warf die blauen Heftchen auf den niedrigen Tisch.

Seibold, Rudolf Adolf, 15. April 1932 in Troppau, las Timm, und dann etwas Erstaunliches: Familienstand ledig.

Er schlug den anderen Ausweis auf: Belicke, Lieselotte Margarete Christine, 2. Februar 1940 in Neustettin, Familienstand ebenfalls ledig.

»Sie waren die …« Timm zögerte ein wenig, aber in Künstlerkreisen hieß das wahrscheinlich auch nicht anders, »die Lebensgefährtin des Verstorbenen?«

Sie nickte kaum merklich.

»Hat Herr Seibold ein Testament hinterlassen?«

Die Frau schaute Timm überrascht an. »Darüber habe ich noch nicht nachgedacht«, sagte sie, und plötzlich zuckten ihre Mundwinkel. »Was glauben Sie denn, was hier passiert ist?«, fragte sie mit hoher Stimme. »Muss man sich das eigentlich bieten lassen, dass einem an einem solchen Tag die Polizei ins Haus fällt und pietätlose Anwürfe erhebt? Gibt es denn in diesem Land nichts, was als Intimsphäre einen gewissen Schutz genießt?«

»Frau Seibold«, sagte Timm beruhigend, und obwohl er seinen Fehler bemerkte, korrigierte er sich nicht. »Laut Gesetz hat jeder Leichenschauarzt bei einer nicht aufgeklärten Todesart die Polizei zu benachrichtigen.«

Er verzichtete darauf, ihr zu erläutern, dass die Ärztin zu einer solchen Benachrichtigung vor allem verpflichtet war, wenn sich Anhaltspunkte für einen nicht natürlichen Tod ergaben.

»Und was geschieht jetzt?«

»Es wird eine Autopsie vorgenommen«, sagte Timm zurückhaltend. »Um die genaue Todesursache festzustellen.«

Sie sah ihn lange und unverwandt an. »Wenn Sie sich was davon versprechen«, sagte sie dann. »Doktor Henning hat ihm ein solches Ende schon vor zwei Jahren prophezeit.«

Ganz gegen seine Absicht gelang es Timm nicht, seine Überraschung zu verbergen. »Doktor Ulf Henning?«

Frau Belicke musterte ihn kühl. »Doktor Henning war Rudolfs langjähriger Hausarzt.«

3

Gräfe hielt im Wagen seinen verspäteten Mittagsschlaf. »Zur Ärztin?«, fragte er, ohne die Augen mehr als einen Spaltbreit zu öffnen.

Timm fuhr an, wie es sich für einen Kriminalisten im Einsatz gehört. Im Kofferraum schepperte es.

»Wenn ich das alles getrunken hätte, wäre ich auch tot«, meinte Gräfe auf das Geräusch hin. »Die halbe Mülltonne voll Flaschen.«

Timm ließ sich nicht anmerken, ob Gräfes Sammelgut seine Zustimmung fand. Er konzentrierte sich auf den Weißenseer Verkehr, und der war haarsträubend.

Doktor Hennings Praxis lag in einem verrotteten Backsteinbau auf einem ehemaligen Fabrikgelände. Timm fuhr mit Schwung in die Einfahrt und kam sehr knapp vor dem einzigen Baum in einem Kilometer Umkreis zum Stehen.

Gräfe riss verwundert die Augen auf. »Hier?«, fragte er.

»Du brauchst nicht zu warten. Es kann etwas länger dauern.«

»Gehe ich solange in die Kaufhalle«, sagte Gräfe maulfaul und stieg umständlich aus.

Timm hastete die knarrende Treppe in den ersten Stock hinauf. Das Haus glich einer bewohnten Ruine.

Dr. med. Ulf Henning, praktischer Arzt! Sprechstunde Mittwoch 8 bis 15 Uhr. – Es war 14 Uhr 55.

Timm drückte die Tür auf und trat in den Korridor, der als Wartezimmer diente. Kaum ein halbes Dutzend Leute hockte auf den Kunststoffstühlen. Zwei erwiderten Timms Gruß. Ein unrasierter Jüngling mit einem Kopfverband betrachtete den Eindringling misstrauisch.

Der sah sich ein wenig hilflos um. Die REIHENFOLGE der Patienten bestimmt der ARZT! informierte ein handgemaltes Schild neben den angestaubten Hinweisen für die ERSTE HILFE.

»Sie müssen Ihren Ausweis in den Kasten legen«, erklärte eine Frau. Der Mann neben ihr schüttelte den Kopf. »Ist schon viel zu spät heute.«

»Bei Doktor Henning geht's immer bis zur letzten Minute!«

Allgemeines Aufbegehren. »Ist aber heute nur 'ne Vertretung.«

Timm entzog sich der einsetzenden Diskussion über die Urlaubsdauer Doktor Hennings und die Qualität von Vertretungsärzten, indem er an die Tür mit der Aufschrift EINTRITT NUR NACH AUFRUF klopfte und, ohne eine Antwort abzuwarten, eintrat. Eine junge Frau in einem hellblauen Kittel kehrte ihm den Rücken zu und blätterte in einer Kartei.

»Draußen warten«, sagte sie unfreundlich und ohne sich umzudrehen. Unter dem kurzen Kittel guckte viel von ihren hübschen Beinen hervor. Timm betrachtete sie wohlgefällig. Sie war schlank, und die zweifarbige Löckchenfrisur stand ihr. Er trat einen Schritt näher an sie heran, als schicklich war, und sagte dicht an ihrem

Ohr: »Ich hätte gerne die Unterlagen von Rudolf Seibold.«

Sie fuhr herum, und das Blut schoss ihr ins Gesicht. »Du?« Es klang nicht gerade begeistert. »Was willst du denn hier?«

Aus der Tür mit der Aufschrift KABINE 1 kam ein schwitzender Mann im offenen Mantel. Er wedelte mit einem ganzen Packen von Rezepten. »Abnehmen, hat sie gesagt ...«, stieß er hervor. »Wann ist denn Doktor Henning wieder da?«

Heike Timm nahm ihm die Rezepte ab.

»Darf ich jetzt rein?«, fragte Timm seine Frau.

»Hier geht es der Reihe nach. Die Patienten warten wahrhaftig lange genug. Auch wegen diesem Seibold.« Sie reichte dem Mann den Versicherungsausweis und begleitete ihn zur Tür.

»Frau Gelbsattel, Kabine eins«, rief sie in den Flur. Frau Gelbsattel verschwand hinter der Kabinentür, nachdem sie Schwester Heike überschwänglich begrüßt und Timm neugierig gemustert hatte.

»Ich bin im Dienst!«, sagte Timm beschwörend und mit unterdrückter Stimme. Ihm war klar, dass man hinter den Papptüren jedes Wort verstand.

»Das musst du mal dem jungen Mann da draußen erklären. Der liebt seit dem siebenten Oktober Polizisten im Dienst ganz besonders. Du musst nur laut genug sprechen. Sein Trommelfell ist nämlich geplatzt.«

»Heike! Das brauchen wir wohl jetzt nicht zu diskutieren!«

»Nein«, zischte sie, »wir brauchen nicht mehr miteinander zu diskutieren. Weshalb kommst du überhaupt hierher? Bist du inzwischen ausgenüchtert?«

»Ich muss mit der Ärztin sprechen. Wo steckt denn dein hochverehrter Doktor Henning?«

Sie sah ihn an mit diesem Blick, der selten und selbst in dieser Situation nicht seine Wirkung auf Timm verfehlte. »Ich dachte, du wolltest kein Wort mehr über ihn hören.«

Diesen Wunsch hatte Timm tatsächlich vor gar nicht allzu langer Zeit geäußert, weil zu Hause allmählich jeder ihrer Sätze mit den Worten begann: Doktor Henning hat gesagt …

Timm mochte Ulf Henning nicht, obwohl er ihn nur ein paarmal gesehen hatte, und Heike wusste das. Henning kehrte für Timms Geschmack allzu sehr den überlegenen Medizinmann heraus, der mit seinem Fachwissen die ganze Welt und ein bisschen mehr erklären konnte. Auf Heike machte das zunehmend Eindruck, und genau das störte Timm.

»Vielleicht kannst du es so einrichten, dass niemand in den Kabinen ist, während ich mit der Ärztin spreche.«

Heike fuhr ihn an: »Wir werden uns euretwegen noch einen Vernehmungsraum zulegen, bevor die Hütte hier endgültig einstürzt!«, und rauschte in den Behandlungsraum.

Sie verschaffte ihm wahrhaftig noch eine Viertelstunde lang Gelegenheit, im Warteraum seine Kenntnisse in der ERSTEN HILFE aufzufrischen.

Im Behandlungsraum erschreckte Timm die düstere

Schrankwand aus foliebeklebten Spanplatten. Über den hässlichen Schreibtisch aus dem gleichen Material streckte ihm die Aushilfsärztin, ein munteres Persönchen in einem viel zu weiten Kittel, demonstrativ die Hand entgegen.

»Vielleicht war es unnötig, Sie zu verständigen«, meinte sie unbefangen. »Aber ich kannte den Mann überhaupt nicht. Und die Angaben der Frau über seinen Alkoholkonsum waren mir denn doch zu vage. Außerdem erschien mir die Färbung der Totenflecke merkwürdig.«

»Ziemlich dunkel, ja. Aber ist das wirklich so ungewöhnlich?« Timm hatte schon Totenflecke in den unterschiedlichsten Tönungen gesehen und wusste, wie stark sie sich unter dem Einfluss von Zeit und Temperatur verändern konnten.

»Ein stumpfes Aschgrauviolett. Ich weiß nicht ...«

»Was vermuten Sie?«

Sie verbarg ihre Hände in den Weiten der Ärmel. »Nichts. Mein Mann ist Pathologe. Der behauptet wohl nicht zu Unrecht: Wir sind die Einzigen, die wissen, woran eure Patienten wirklich gelitten haben.«

Sie griff nach einem dünnen Aktendeckel auf dem Schreibtisch. »Das ist alles, was hier an Unterlagen vorhanden ist. Keine besonderen Befunde. Die Leberwerte, wie zu erwarten, abweichend. Zu hoher Cholesterinspiegel. Geringfügige Hypertonie.«

Sie hielt ihm das aufgeschlagene Blatt hin. »Überzeugen Sie sich selbst.«

Timm war ausreichend vertraut mit der medizinischen Terminologie, um wenigstens grundsätzlich zu verstehen, worum es sich handelte. Außerdem wollte er nicht dumm erscheinen. Beim Zurückblättern fiel ihm eine dünne Bleistifteintragung am Kopf des ersten Bogens auf: *Pot.*

»Was könnte das bedeuten?«

Sie nahm ihm den Aktendeckel aus der Hand und errötete. »Das habe ich vorhin leider nicht entdeckt.« Sie biss sich auf die Lippen. »Doktor Henning hat damit anscheinend das Hauptleiden des Patienten erfasst. Potator. Das heißt Trinker.

»Also doch.«

»Tut mir leid, dass ich Ihnen wahrscheinlich eine überflüssige Arbeit aufgehalst habe.« Die kleine Frau Doktor war ehrlich zerknirscht.

»Ich kenne die gesetzlichen Vorschriften. Es war Ihre Pflicht, die Obduktion zu veranlassen. Und wir sind dafür da, solche Dinge zu untersuchen.«

Er nahm ihr die Akte noch einmal aus der Hand und blätterte darin. »Das sieht alles nicht ganz neu aus. Ich finde keinen Hinweis, wann dieser Seibold das letzte Mal hier in Behandlung war.«

Die Ärztin ging zur Tür. »Schwester Heike, können Sie mir bitte die Karte des Patienten Seibold heraussuchen?«

Der Zeit nach zu urteilen, die sie für die Suche nach der abgegriffenen gelben Karte benötigte, herrschte in der Patientenkartei ziemliche Unordnung.

»Der Herr von der Kriminalpolizei möchte gerne wissen, wann Herr Seibold das letzte Mal hier war.«

Heike hatte ihr anscheinend nichts über ihre verwandtschaftlichen Beziehungen zu ihm mitgeteilt. Es erschien ihm unangebracht, die Ärztin jetzt darauf hinzuweisen.

Heike zuckte die Achseln. »In den letzten drei Jahren habe ich Seibold nicht gesehen. Jedenfalls nicht nach dem Umzug.«

Timm brauchte nicht zu fragen. Anfang 1987 war Henning mit seiner Praxis in dieses Gemäuer gezogen, eine Protestaktion, wie Timm wusste, weil der Doktor sich weigerte, sich in den Neubauten, weitab von seinem Patientenstamm, einzurichten.

Er sah sich die Karte an. Es war die gleiche, die vorhin auf Heikes Tisch gelegen hatte. Der letzte Stempel stammte tatsächlich von 1986.

»Vielleicht war er woanders in Behandlung«, vermutete die Ärztin.

Davon hatte Frau Belicke nichts gesagt. Timm hielt die Karte ins Licht. Unter dem letzten Stempel war die Pappe aufgeraut, als hätte jemand darauf radiert. Er drehte die Karte um. Anscheinend hatte es sich um eine handschriftliche Eintragung gehandelt. Die Druckspuren waren auf der Rückseite zu erkennen. Das letzte Zeichen musste ein B oder eine 8 gewesen sein.

»Ich werde die Unterlagen vorsichtshalber mitnehmen«, sagte Timm und sah seine Frau dabei an.

»Bitte«, sagte die. »Wenn das erlaubt ist? Darf ich jetzt die nächste Patientin in die Kabine lassen?«

Timm wartete, bis sie die Tür hinter sich geschlossen

hatte, und fragte dann: »Wie lange wird Doktor Henning noch abwesend sein?«

Die kleine Ärztin wich seinem Blick nicht aus.

»Das wissen Sie *mit Sicherheit* besser als ich«, sagte sie betont.

Timm verstand. Ihre unüberhörbare Ironie schmerzte ihn.

4

Für einen Tag Ende Oktober war es entschieden zu warm. Timm saß im Auto und las die Morgenzeitung, die nichts über die drohende Klimakatastrophe zu berichten wusste. Der erste strahlende Westpolitiker hatte sich dem glücklich grinsenden neuen Landesfürsten angedient. Weiter unten nahm Timms höchster Vorgesetzter zu jüngsten gefährlichen Demonstrationen von teilweise bis zu zwölftausend Menschen Stellung. Während Timm mit einem Auge Seibolds Gartentor beobachtete, dachte er darüber nach, wie viel teilweise bis zu zwölftausend waren. Das war noch die harmloseste Frage, die ihm seine Frau am Abend stellen würde. Wenn sie überhaupt mit ihm redete.

Am gestrigen Abend hatte sie ihn durch die Mitteilung erfreut: Du bringst bitte heute den Jungen ins Bett. Ich fahre zu Silke. Und war verschwunden, bevor er sich ein Wort der Widerrede überlegen konnte. Timm, der seine Schwägerin ganz gerne hatte, wusste, dass die Abneigung der beiden Schwestern auf Gegenseitigkeit beruhte. Was also wollte Heike bei der Jüngeren?

In der Erwartung, sie werde anrufen und sich von ihm aus Lichtenberg abholen lassen, hatte er den ganzen Abend kein Bier getrunken. Der Anruf war ausgeblieben. Ihm war klar, dass sie ihn ärgern wollte und deshalb nicht nach Hause kam. Aber weder die Unruhe über ihr Ausbleiben noch das seit einigen Tagen auffällig veränderte Fernsehprogramm vermochten ihn wach zu halten, sodass er schließlich trotzig in das ihm zustehende eheliche Bett gekrochen und eingeschlafen war.

Als er gegen Morgen aufschreckte, war das Bett neben ihm unberührt. Sie schlief auf der Couch im Wohnzimmer, mit einer Decke und ihrem Mantel zugedeckt. Er verzichtete darauf, eine unerfreuliche Diskussion zu beginnen, und schlich zurück ins Schlafzimmer. Während er frühstückte, hatte sie sich im Bad eingeriegelt.

Ob sie wohl daran dachte, dass er erst morgen früh vom Dienst heimkehren würde? Aber beim Stand der Dinge war das jetzt auch egal.

Er las, was der beunruhigte Polizeipräsident über Ordnung und Sicherheit in der Stadt vermeldete. Es kam ihm sehr bekannt vor. Neu war nur, dass ein Generalleutnant Fehler zugab. Das hatte Timm bisher noch bei keinem Vorgesetzten erlebt.

Er guckte wieder hinüber zu Seibolds Haus. Dort rührte sich nichts. Dabei war er ganz sicher, Frau Belicke nicht falsch verstanden zu haben: Frau Loebe kommt gewöhnlich gegen neun. Jetzt war es zehn nach zehn.

Timm war ein bisschen ratlos. Er besaß natürlich die Adresse dieser Frau Loebe. Wahrscheinlich war sie ja unterwegs hierher. Ein Anruf in der Galerie von Frau Belicke half ihm da auch nicht. Wenn sie überhaupt im Geschäft war und nicht wegen des Todesfalls irgendwelche Wege zu erledigen hatte. Um die Beisetzung brauchte sie sich allerdings erst nach der gerichtlichen Sektion zu kümmern.

Weit hinten in der Straße tauchte das Müllauto auf. Timm beschloss, nicht zu warten, bis es bei ihm anlangte. Ein unauffälliger junger Mann, der in einem Wartburg saß und Zeitung las, und noch dazu in dieser Gegend – die Müllkutscher würden sich ihren Vers darauf machen. Timm wollte es nicht auf eine Anpöbelei ankommen lassen.

Auf der anderen Straßenseite näherte sich eine Frau. Timm beobachtete im Rückspiegel, wie sie vor Seibolds Grundstück stehen blieb. Sie guckte zu ihm herüber, fasste über das Gartentor und öffnete die Tür. Timm blieb erst mal sitzen. Mal sehen, was die gute Frau Loebe als Nächstes tat. Er hatte sie sich älter vorgestellt. Mit dem kurzen Haarschnitt über ihrem runden Mädchengesicht sah sie eher wie eine Studentin aus und nicht wie eine Putzfrau.

Du sollst dir kein Bildnis machen, dachte Timm amüsiert. Man fiel immer wieder auf die eigenen Klischees rein.

Überraschenderweise ging die junge Frau zielstrebig am Hauseingang vorbei in Richtung Atelier. Timm stieg aus, schloss den Wagen ab und folgte ihr.

Anscheinend bemerkte sie das Siegel an der Ateliertür nicht. Sie klopfte an die blechbeschlagene Tür, klinkte, klopfte dann verwundert ein zweites Mal, wandte sich um und erschrak.

Timm stand kaum zwei Meter hinter ihr. »Frau Loebe?«, fragte er zweifelnd.

Sie hielt sich am Riemen ihrer ledernen Umhängetasche fest und musterte ihn argwöhnisch. »Guten Tag«, sagte sie reserviert. »Herr Seibold ist wohl nicht in seinem Atelier?«

Sie war kaum mittelgroß und wirkte ziemlich stämmig. Vielleicht verunstalteten aber auch der für Timms Geschmack zu lange Rock und der aufgeplusterte Anorak ihre Figur. Außerdem trug sie dunkelblaue Strümpfe, die wie selbstgestrickt aussahen, und dazu weinrote Sportschuhe. Um den Hals hatte sie ein schwarz und weiß gemustertes Tuch geschlungen.

Timm hielt es für nötig, seinen Ausweis aufzuklappen und sich vorzustellen.

Sie wirkte irritiert. »Ja und? Ist etwa eingebrochen worden?«

»Darf ich Ihren Personalausweis sehen?«

Ihre braunen Augen sahen ungläubig zu ihm auf. »Weshalb?« Sie hatte zwei kleine Leberflecke auf der Wange und ansonsten ein Dutzendgesicht. Das zu kurz geschnittene dunkle Haar war das einzig Auffällige an ihr.

»Es handelt sich um die Klärung eines Sachverhalts.« Die hundertmal heruntergeleierte Floskel. »Herrn Seibold betreffend«, fügte er etwas verbindlicher hinzu. Er war jetzt sicher, es nicht mit Frau Loebe zu tun zu haben. Die Tochter? Auch die musste inzwischen von Seibolds Ableben wissen.

Die Frau suchte lustlos in ihrer Tasche. »Ich habe keinen Ausweis bei mir«, stellte sie zufrieden fest. Timm glaubte, einen kleinen Kassettenrecorder und eine Monatskarte in der Tasche zu erkennen.

»Sie müssen mir schon sagen, wer Sie sind.«

Ihr Mund wurde größer, wenn sie lächelte, und man sah ihre großen Zähne. »Muss ich das wirklich? Wo steht das? Auf einem Privatgrundstück bin ich wohl nur dem Eigentümer Rechenschaft schuldig. Oder?«

»Herr Seibold ist tot«, sagte Timm und verfiel dabei unweigerlich in den eingeübten Grabeston.

Sie zeigte keine Gefühlsregung. »Ach …«, sagte sie. »Und was haben *Sie* damit zu tun?«

»Wahrscheinlich nichts. Wir klären nur die näheren Umstände. Möglicherweise können Sie uns dabei helfen.«

»Das glaube ich nicht. Am Montag …«

Plötzlich schien ihr bewusst zu werden, dass Seibold wirklich tot war. Ihr Gesicht veränderte sich. »Was ist denn passiert?«, fragte sie entsetzt.

»Was war am Montag?«

»Da ging es ihm noch gut«, sagte sie anklagend und verschränkte die Arme abwehrend vor der Brust. Timm fiel auf, dass der Anorak nicht von ungefähr so aufgeplustert aussah.

»Sind Sie mit Herrn Seibold verwandt?«

»Nein!«, entgegnete sie ungeduldig. »Nun reden Sie doch endlich. Das ist für mich sehr wichtig, verstehen Sie?« Ihre helle Mädchenstimme kickste. »Sie ahnen gar nicht, wie wichtig!«

Aus ihrer Tasche förderte sie ein zerknülltes Papiertaschentuch zutage, in das sie sich schnäuzte. »Ich schreibe meine Dissertation über ihn.«

Seibold schien also tatsächlich ein bedeutender Maler gewesen zu sein.

»Wann ist er denn – gestorben?«, erkundigte sie sich stockend.

»Man hat ihn gestern Vormittag gefunden.«

Sie starrte vor sich hin. »Der Ärmste ... Er war also alleine ...« Sie blickte zu Timm auf. »Und Sie haben sein Atelier durchsucht?«

Timm spürte die Kritik. »Dazu besteht keine Veranlassung«, sagte er. Und dazu brauchten wir mindestens eine Woche, hätte er wahrheitsgemäß hinzufügen können, verzichtete aber darauf.

»Man darf also nicht hinein? Was ist so geheimnisvoll an seinem Tod? Seine Frau wird es Ihnen vielleicht nicht sagen: Er hat ein bisschen viel getrunken. Zumindest zeitweise.«

Timm nickte. Er hätte das Siegel lösen und die Befragung im Atelier fortsetzen können. Den Schlüssel trug er in der Tasche. Er war nicht empfindlich, aber die Atmosphäre von Räumen, in denen Tote aufgefunden worden waren, mochte er nicht.

Unter dem Sims des großen Atelierfensters lag auf drei niedrigen Böcken ein geschälter Baumstamm. Den bot er ihr als Sitzgelegenheit an. »Danke, ich stehe lieber«, sagte sie und strich über den blank polierten Stamm. »Daraus wollte er eine gefiederte Schlange schnitzen.«

Unverzüglich löste Timm seinen Hintern von dem unvollendeten Kunstwerk.

»Ein mexikanisches Motiv«, erläuterte sie. »Von Zeit zu Zeit packten Seibold solche Ideen.«

»Sie kannten ihn schon lange?«

»Persönlich erst einige Monate. Mein Professor hat das vermittelt. Die beiden waren Freunde. Deshalb auch das Thema für mich: Seibold und die beispielhafte Wirkung seines Frühwerks …« Resigniert starrte sie vor sich hin.

»Ahnen Sie überhaupt, was für eine Katastrophe das für mich ist?«

»Dass Seibold tot ist?«

»Alles. Einfach alles. Ich muss ganz von vorne anfangen.«

»Sie sind in den letzten Monaten öfter hier gewesen?«

»Ja. Ziemlich regelmäßig. Ich habe ihn befragt. Über sein Leben. Sein Werk. Er hat gerne von sich gesprochen.«

»Haben Sie alle diese Gespräche aufgezeichnet?«

Ihre Hand fuhr unwillkürlich zur Tasche. Die Fingernägel waren kurz geschnitten, und sie trug keinen Ring.

»Wer hat Ihnen das erzählt?«

Timm überging die Frage. »Wollen Sie mir nicht doch Ihre Personalien geben?«, erkundigte er sich. Allmählich kam es ihm reichlich blöd vor, hier im Garten herumzustehen und nicht einmal zu wissen, mit wem er redete. »Wir werden uns dann in den nächsten Tagen in der Dienststelle ein bisschen ausführlicher miteinander unterhalten.«

Das schien ihr nicht zu gefallen. »Ich heiße Gunhild Steglich«, sagte sie. »Ich bin Forschungsstudentin im Bereich Kunstgeschichte und wohne in der Christburger Straße. Wenn Sie es für nötig halten, können Sie mich ja nach Hause begleiten. Dort liegt mein Personalausweis auf der Flurgarderobe.«

Zu ihrer Überraschung sagte Timm: »Einverstanden.« Da Frau Loebe noch immer nicht erschienen war, blieb ihm gar nichts anderes übrig, als sie in ihrer Wohnung am Prenzlauer Berg heimzusuchen. Die Christburger Straße war kein Umweg.

Wenn das Haus, vor dem ihn Gunhild Steglich halten ließ, jemals bessere Tage gesehen hatte, dann lagen die ein Menschenalter zurück. Ob der Putz den Kampfhandlungen des letzten Krieges oder einfach nur dem Zahn der Zeit zum Opfer gefallen war, ließ sich nicht mehr entscheiden.

Fräulein oder Frau Steglich hatte ihn während der Fahrt mit einem Vortrag über die sich mehrenden ideologischen Widersprüche im Bereich der kunsthistorischen Wissenschaft unterhalten. »Kommen Sie mit rauf, oder reicht es, wenn ich Ihnen den Ausweis runterbringe?«, erkundigte sie sich jetzt.

Timm fand es gar nicht mehr so wichtig, sich von ihren Personalien zu überzeugen. Das war sowieso nur blanke Routine. Solange kein Obduktionsbefund vorlag, stakte er mit der Stange im Nebel herum. Was sollte da ein zusätzliches Protokoll mit dieser Kunststudentin? Es reichte völlig, wenn er die Haushaltshilfe befragte, die den Toten gefunden hatte.

Ein bisschen hölzern sagte er: »Ich habe beschlossen, Ihnen zu glauben. Falls ich noch etwas wissen will, melde ich mich.« Gerne hätte er dabei ein fröhliches

Grienen aufgesetzt, aber das hatte er sich im Dienst abgewöhnt.

»Danke«, sagte sie und schenkte ihm ihrerseits zum zweiten Mal ein Lächeln ihres großen Mundes. Eine Schönheit war sie wirklich nicht. Aber ganz nett.

Timm ließ den Motor an und hatte die übliche Mühe, den Rückwärtsgang einzulegen. Hinter ihm hupte ein Barkas, der in die Parklücke wollte. Gunhild Steglich stand auf dem Bürgersteig und rief ihm etwas zu, was er nicht verstand. Er beugte sich zur Beifahrerseite und kurbelte das Fenster herunter.

Sie winkte ab. »Nichts von Bedeutung«, sagte sie. »Ich hätte nur nicht geglaubt, dass Seibold tatsächlich den Mut dazu aufbringt.«

Und ehe Timm sich von seiner Überraschung erholt hatte, war sie im dunklen Schlund des Hausflurs verschwunden. Ihre Beine in diesen Selbstgestrickten waren entschieden zu dick. Das war alles, was ihm in diesem Moment einfiel.

Der Barkas hupte anhaltend.

5

Das Haus, in dem Frau Loebe wohnte, unterschied sich von dem in der Christburger weder durch Alter noch durch Schönheit. Anklagend ragten die rostigen Träger einstiger Balkons aus der Fassade. In der Durchfahrt, die zu den Hinterhöfen führte und von der das Treppenhaus abzweigte, roch es scharf nach Urin. Jemand hatte hier seinen abgerissenen Kachelofen deponiert. Die Lehmreste waren überall breitgetreten.

Timm entdeckte den Namen LOEBE erst bei der zweiten Durchsicht der langen Briefkastenreihe. In dem verbeulten Blechgehäuse hatte es anscheinend vor nicht allzu langer Zeit gebrannt. Jetzt steckte eine Zeitung darin.

Die rothaarige Frau, die ihm die Wohnungstür im vierten Stock öffnete, entsprach seiner Vorstellung von einer Haushaltshilfe eher als die Studentin. Sie war nicht größer als Gunhild Steglich, nur ein bisschen fülliger und an die zwanzig Jahre älter.

Er bemerkte, dass sie erschrak, als er sich vorstellte und mit dürren Worten sein Anliegen erläuterte.

»Mein je.« Sie fuhr sich mit der kleinen fetten Hand durch ihre Dauerwelle. »Seit wann isses denn üblich, dass sich die Polizei drum kümmert, wenn einer stirbt?«

In ihrer gute Stube sah es trotz aller herumstehenden Glasrehe und Sammeltassen aus wie geleckt. Jedes Ding hatte sein Deckchen und sein Plätzchen und wurde anscheinend täglich zum Staubwischen aufgenommen und abgeputzt. Nicht einmal Timms Großtante in Glauchau, die in seiner Familie als wohlhabend und wunderlich galt, hatte eine solche Menge nutzlosen Zeugs in ihrer Wohnung angehäuft.

»Setzen Sie sich doch«, forderte ihn Frau Loebe lebhaft auf. Timm entschied sich für einen Sessel, in dem nur zwei Kissen lagen, die er beiseiterückte, ehe er sich niederließ. Frau Loebe blieb stehen, die rastlosen Hände vor dem Bauch übereinandergelegt, und blickte ihn erwartungsvoll an.

»Woran isser denn gestorben, dass Sie extra herkommen?«

»Das erfahren wir erst nach der Autopsie«, sagte Timm gemessen. »Was glauben Sie denn?«

»Ich? Ich hab keinerlei Erfahrung mit so was.« Sie trat einen Schritt näher und dämpfte ihre Stimme. »Ich glaube, er hat sich manches viel zu sehr zu Herzen genommen. Wie mein Vater seinerzeit, als sie ihm die Firma zugemacht haben – das hat der auch nicht überlebt.«

»Demnach halten Sie es für möglich, dass Herr Seibold freiwillig aus dem Leben geschieden ist?«

»Wer denkt denn an so was!« Frau Loebe tat plötzlich verlegen. »War vielleicht 'n bisschen unpassend, das Beispiel ... Sie sind ja immerhin von der Polizei. Möchten Sie 'n Kaffee?«

Timm lehnte höflich ab, doch fiel es ihr nicht schwer,

ihn zu überreden. Sie hatte sowieso gerade Wasser aufgesetzt. Außerdem musste sie sich zum Kaffeetrinken hinsetzen. Das konnte sich nur beruhigend auf die Gesprächsatmosphäre auswirken.

Rosa Loebe, achtundvierzig Jahre alt, verheiratet – »glücklich, pflegt mein Herbert zu sagen; ich halt mich da zurück« –, zwei erwachsene Kinder – »sind beide was geworden, auch wenn der Große jetzt 'n Ausreiseantrag laufen hat, wie Sie ja wissen« –, stand dem Haushalt Belicke-Seibold seit über zwanzig Jahren hilfreich zur Seite. »Seit meine Rita zur Schule kam, da hat Herbert gemeint ...«

Timm hatte einige Mühe, Frau Loebe von der eigenen Familiengeschichte weg auf das Thema Seibold zu lenken.

»Rosine hat er mich immer genannt. Rosa konnte er nich leiden. Das ist nich mal 'ne Farbe, hat er gesagt. Und auch keine Haltung. Damit hat er wohl die SPD gemeint, wenn ich es richtig verstehe. Die soll'n ja jetzt sogar bei uns ...«

Sie erinnerte sich rechtzeitig, wem sie gegenübersaß – und griff hastig zur Kaffeetasse. »Jedenfalls war er in letzter Zeit sehr unruhig. Nicht so, als hätte er was geahnt – aber doch irgendwie komisch. Na ja, so richtige Aufträge wie früher hatte er wohl nicht mehr. Aber gemalt hat er oft. Nur wenn es ihm ganz schlecht ging, nicht.«

»Sie meinen: Wenn er getrunken hatte.«

»Gottchen. Trinken! Gleich so ein hartes Wort. Dann trinkt mein Herbert auch, jeden Abend vorm Fernseher. Sind Sie vielleicht – Abstinenzler?« Dieses Wort hatte sie noch nicht oft ausgesprochen.

Timm ließ ihre Frage unbeantwortet und hakte nach: »Fühlte sich Herr Seibold häufig unwohl?«

Sie machte eine abwehrende Handbewegung. »Künstler sind keine Leute wie du und ich, mal deutsch gesprochen. Das konnte manchmal wochenlang gut gehen mit Rudi – und dann: bumms! Wie abgeschnitten. Dann war er durch nichts in die richtige Stimmung zum Arbeiten zu bringen.« Ein stilles Lächeln verschönte ihre Züge. »Na ja, ich hatte schon so meine Mittelchen, ihn ein bisschen aufzumuntern …«

Abgesehen davon, dass ihre Figur geringfügig von der eines Mannequins abwich, war Rosa Loebe für ihr Alter eine ansehnliche Person, die es verstand, mit den flinken Augen ausdrucksvoll zu rollen und die Hände eindrucksvoll zu bewegen. Weshalb sollte ein nicht mehr ganz junger Maler keine Freude an ihrer frischen Gesichtsfarbe und ihren vollen Lippen gefunden haben?

»Ihr persönliches Verhältnis zu Herrn Seibold war also sehr gut«, vermutete Timm, worauf Frau Loebe errötete.

»Sagen Sie nich sone Wörter: Verhältnis. Wenn das mein Herbert hört, kriegt er das prompt in den falschen Hals. Er wird sowieso schon eifersüchtig, wenn ich ein Wort zu viel von der Malerei erzähle. Mit dem Rudi war das – na ja, wie eben Künstler so sind. Er hat gerne mit mir geredet und geredet … Und das am Vormittag! Und ich das ganze Haus noch vor mir. Die letzten Jahre bin ich immer erst am Schluss zu ihm rüber ins Atelier. Er stand ja meistens nicht ganz so früh auf. Eigentlich wollte er gar nicht, dass ich bei ihm aufräume und sauber mache. Alleine anfassen durfte ich sowieso nichts. Da war er sehr eigen.«

»Und Frau Belicke? Wie waren denn die Beziehungen zwischen ihr und Herrn Seibold?«

Rosa Loebes kräftig gefärbte Augenbrauen stießen fast zusammen, so sehr furchte sie die Stirn. »Na, leicht hat sie es nicht gehabt mit ihm. Aber da müssen Sie schon Lola selber fragen. Darüber kann nicht mal die Polizei von mir Auskunft verlangen. Oder sind Sie etwa …?«

»Ich bin wirklich von der Kriminalpolizei«, beteuerte Timm. Dieses Misstrauen war ihm schon allzu oft begegnet.

»Na ja«, begründete Frau Loebe ihren Verdacht. »Bei einem Rudolf Seibold wäre das schließlich kein Wunder. Seine Bilder hängen immerhin im Palast der Republik.«

Sie hatte nicht einmal unrecht. Timm erinnerte sich gut an den Tod eines anderen Künstlers, dessen Leiche sie zusammen mit der Staatssicherheit drei Tage lang gesucht hatten, nachdem sein Auto im Wald gefunden worden war. Timm hatte das Auto selber untersucht, aber außer einem Blechschaden an der Stoßstange und dem Abschleppseil, das herumlag, nichts Auffälliges daran bemerkt. Erst die Genossen von der Firma hatten den Abschiedsbrief auf der Rückseite eines Filmdrehbuchs entdeckt. Der war an einen Abteilungsleiter im ZK gerichtet. Das durfte Timm schon gar nicht mehr wissen. Es ging ihm jetzt dennoch durch den Kopf. Hatte er im Fall Seibold irgendetwas unterlassen, was man ihm vorwerfen konnte?

Er verdrängte den Gedanken. Seibold war ein Toter wie hundert andere. Nichts deutete auf ein Interesse übergeordneter Organe oder auf außergewöhnliche Todesumstände hin. Die Befragung der Zeugin, die den Toten aufgefunden hatte, entsprach dem normalen Maß kriminalpolizeilicher Ermittlungstätigkeit.

Er rückte seinen Block zurecht. »Nun schildern Sie bitte ganz genau, wie und wo Sie den Toten gestern gefunden haben.«

Sie tat es auf ihre weitschweifige Weise. Ihr Bericht wich nicht von dem ab, was Timm schon wusste. Als sie gegen halb elf das Atelier betrat, hatte Seibold in friedlicher Haltung auf dem Boden gelegen. Sie war hinüber ins Haus gelaufen, hatte Frau Belicke angerufen und erst mit ihr zusammen das Atelier wieder betreten. Gemeinsam hatten sie den Leichnam, der schon Anzeichen der Totenstarre aufwies, auf die Polster gelegt, so schwer ihnen das auch gefallen war. Während Lola – Frau Belicke also – mit Doktor Henning telefonierte, hatte sie sich gründlich gewaschen und war gegangen. Zu weiterer Arbeit fühlte sie sich nach einem solchen Ereignis nicht in der Lage.

»Vom zeitlichen Ablauf habe ich jetzt eine ziemlich klare Vorstellung. Wann haben Sie eigentlich die leeren Flaschen aus dem Atelier in die Mülltonne geräumt?«

Frau Loebe erhob sich abrupt und begann mit fliegenden Fingern das Kaffeegeschirr zusammenzuräumen. Ihre frische Gesichtsfarbe war in ein helles Rot übergegangen. »Ich wusste ja nicht, dass Sie sogar im Müll rumkramen«, sagte sie ärgerlich. »Was macht denn das für 'n Eindruck, wenn bei einem Toten Schnapsflaschen herumstehen. Ich habe nur ein bisschen aufgeräumt.«

»Hatte Frau Belicke Ihnen den Auftrag erteilt?«

»Ich brauche keine Aufträge für so was. Die Lola hat inzwischen mit ihrem Doktor Henning telefoniert.«

»Mit *ihrem* Doktor?«, fragte Timm scheinheilig. »Handelt es sich nicht um den Hausarzt von Herrn Seibold?«

Ihr Lachen klang nicht überzeugend. »Das ist lange her. Rudolf hielt nicht viel von Ärzten. Schon gar nicht von Doktor Henning.«

Timm besaß genügend Fantasie, um sich vorzustellen, was das Vertrauensverhältnis zwischen einem Arzt und einem Patienten, der trank, beeinträchtigen konnte. Frau Loebes Reaktion ließ noch etwas anderes vermuten.

»Aber Frau Belicke ging weiter zu Doktor Henning?«

Sie hob ihre runden Schultern und verzog wissend das Gesicht. »Der Doktor ist in der ganzen Gegend berühmt. Ich bin auch schon bei ihm gewesen. Ein sehr netter Mann.«

Das wusste Timm. Er verzichtete darauf, das Thema weiter zu verfolgen. Erst musste er mal Seibolds Karteikarte unter die Quarzlampe legen und mit Heike reden. Wenn sie mit sich reden ließ.

Er erhob sich. »Möglicherweise melde ich mich noch einmal bei Ihnen, Frau Loebe.«

Auch sie war aufgestanden. Die Tassen in ihrer Hand klirrten.

»Ich weiß schon. Wenn das Testament eröffnet wird.«

Timm tat überrascht. Über ein Testament war zuallererst einmal mit Frau Belicke zu sprechen. »Wie kommen Sie darauf?«

»Weil ich auch drin vorkomme«, sagte sie, ohne ihn anzusehen. »Das hat Rudolf jedenfalls immer gesagt: Ich werde nicht vergessen, was du für mich getan hast, Rosine.«

Timm zögerte keinen Augenblick. »Und was haben Sie für ihn getan?«

Ihre flinken Augen hielten nach einem Schlupfloch Ausschau. »Ich bring erst mal das Geschirr raus«, sagte sie.

Als sie wieder hereinkam, stand Timm am Fenster und guckte über den ehemaligen Balkon in die graue Straßenschlucht.

»Nachmittags ab vier scheint die Sonne rein«, sagte sie munter. Timm wandte sich um. Ihre Gesichtsfarbe wirkte noch frischer als vorher.

Sie hatte sich ihre Antwort überlegt. »Das ist ganz einfach zu erklären … Lola hat ihn nämlich ziemlich kurz gehalten. Das war ja vielleicht ganz richtig gedacht. Man muss sich das nur mal für den Mann vorstellen: Zigtausende hat er für seine Bilder gekriegt, wenn er wollte. Und Lola war man bloß sein Modell, obwohl das auf den Bildern nie so zu erkennen ist. Ich meine, wegen der Ähnlichkeit. Mich hat er ja früher auch gemalt, wenn ihm so war. Ein Bild hat er mir sogar geschenkt. Aber Herbert durfte ich damit nicht unter die Augen kommen.«

»Sie haben Herrn Seibold Geld – geliehen?«

»Geliehen – gegeben! Was spielt das für eine Rolle? Ich habe ihm ausgeholfen. Das ist alles. Er hatte bestimmt ein dickes Konto. Aber Lola war eisern und gab ihm bloß was für Zigaretten und so. Das ist doch kein Leben für einen Mann. Da habe ich ihm eben ein bisschen unter die Arme gegriffen.«

Sie hatte sich in Feuer geredet. Timm unterbrach sie trocken: »Sie haben ihm den Alkohol geliefert und deshalb auch die Flaschen beseitigt, Frau Loebe.«

Sie sank auf einen Stuhl und hielt sich die Stirn. »Daran ist er nicht gestorben. So viel ist mal sicher. Da müssten andere ja längst tot sein!«

»Schon gut, Frau Loebe. Wir wissen nun, weshalb Sie in dem Testament erwähnt werden.«

Misstrauisch beäugte sie ihn durch die Finger. Eine Schauspielerin war an ihr nicht verloren gegangen. »Junger Mann«, sagte sie aufmüpfig. »Eigentlich geht Sie das alles einen feuchten Dreck an. Sperren Sie mich doch in eine von Ihren Garagen. Rudolf Seibold wusste, was er an mir hatte. Und Schnaps hat er von ganz anderen Leuten gekriegt, das sage ich Ihnen! Whisky aus dem Westen, 'ne große Flasche. Ich hab ihm höchstens mal 'ne halbe Goldbrand oder Wodka mitgebracht.«

»War das mit dem Whisky in den letzten Tagen?«

»Letztes Wochenende. Irgend so ein Maler, der ihn

von früher kennt. Richtig begeistert war Rudi nicht von dem Besuch. So ein bärtiger mit langen Haaren. Der war im Sommer schon mal da. Kam gegen Mittag angeschusselt, die Flasche in 'ner Intershop-Tüte. Weil's da billiger ist. Das wissen die besser als wir. Der Sohn wird wohl auch …«

Sie verstummte mitten im Satz.

»Was ist mit dem Sohn?«

Rosa Loebe wollte nicht mehr. »Das ist eine Vertrauensstellung, die ich da innehabe. Fragen Sie doch Lola. Aber lassen Sie mich aus dem Spiel! Ich weiß ja nicht mal, was diese angebliche Studentin reingeschleppt hat, wenn sie dreimal die Woche angescheißert kam. Apfelsaft wird es bestimmt nicht gewesen sein. Mehr sage ich nicht!«

Mehr wollte Timm auch gar nicht wissen. Als er im Flur an ihr vorbeiging, roch er, womit sie ihren Mut und ihre rosige Hautfarbe aufgefrischt hatte.

»Weshalb waren Sie eigentlich heute nicht in Hohenschönhausen?«, erkundigte er sich dann doch noch.

»Heute ist Donnerstag. Ich bin nur montags, mittwochs und freitags draußen.«

Das hatte Frau Belicke anscheinend vergessen zu erwähnen. Timm bedankte sich. Frau Loebe hielt ihn am Ärmel zurück.

»Das Testament … Ich meine, wenn einer nun ein bisschen trinkt – das gilt doch trotzdem?«

»Ich denke schon. Was glauben Sie denn, wo es Herr Seibold aufbewahrte?«

»Wenn ich das wüsste …«, sagte sie sorgenvoll. »Er hatte es sich ja gerade erst von mir zurückgeben lassen.«

Timm war in seinem Beruf an überraschende Wendungen gewöhnt. Diese hier verblüffte ihn nur wenig. Hatte Seibold ihr seine Gunst entzogen, weil Rosa nicht genügend Schnaps heranschaffte?

»Weshalb hat er es zurückgefordert?«

Sie hob die Achseln. »Er muss was ändern, hat er gesagt. Weiter nichts. In solchen Dingen konnte er sehr eigensinnig sein.«

»Aber Sie wissen, was vorher drinstand?«

»Er hat es mir mal vorgelesen. Für treue Dienste setze ich für Frau Rosa Loebe ein *Legat* von hm-tausend Mark aus. So ungefähr jedenfalls.«

»Wie viel tausend?«

»Hm-tausend. Das hat er so gelesen.«

»Und sie haben nie versucht nachzugucken?«

Rosa Loebe tat nur mäßig beleidigt. »Das ging überhaupt nicht. Es war versiegelt, mit so einer Paste. Das konnte man nicht überm Wasserkessel öffnen!«

Also hatte sie es probiert. Timm griente innerlich, wollte sie aber auch trösten.

»Vielleicht hat er Frau Belicke enterbt«, sagte er. »Oder seine Tochter.«

»Seine Tochter?« Rosa Loebe lachte herzhaft. »*Seine* Tochter! Na, Sie kommen vielleicht auf Ideen!« Und damit schob sie ihn aus der Tür.

Ein hagerer alter Mann kam gerade die Treppe herauf und betrachtete Timm misstrauisch durch eine gewaltige Hornbrille. Hinter ihm mühte sich ein lang gezogener Dackel die Stufen empor.

Für einen Augenblick fühlte Timm sich tatsächlich so, als hätte man ihn beim Fremdgehen erwischt.

6

Er war gerade mit dem Abtrocknen fertig, als Heike die Wohnungstür aufschloss. »Der Junge sitzt ja schon wieder vor dem Fernseher«, stellte sie zur Begrüßung fest.

Timm, der den ganzen Nachmittag über versucht hatte, ein emotionales Hoch in sich aufzubauen, spürte, wie seine Stimmung sank. Nach dem Nachtdienst hatte er wie üblich wenig und schlecht geschlafen, war einkaufen gegangen, hatte Staub gesaugt, den Jungen vorzeitig vom Hort abgeholt, die Schularbeiten kontrolliert und ihm zur Belohnung für die Eins in Lesen seine Lieblingsspeise zubereitet: Spaghetti mit Tomatensoße. Glücklicherweise aß er die selber gerne.

Heike wirbelte durch alle Räume und verschwand im Bad. Steve sah seinen Vater bedeutungsvoll an. Der winkte ihm beruhigend zu. Als das Wasser im Bad nicht mehr rauschte, rief er vor der geschlossenen Tür: »Steve hat eine Eins bekommen.«

Sie öffnete die Tür; drängte sich an ihm vorbei und sagte: »Genau so ein Streber wie du.« Es war ihre übliche Art von Humor, nur klang sie für seinen Geschmack heute eine Spur zu gehässig.

Das versprach ein heiterer Abend zu werden. Für einen Augenblick war er versucht, Jackett und Mantel überzuziehen und sich davonzumachen. Im dunklen Anzug? Er würde sich vorkommen wie im Dienst. Um einen Pullover aus dem Schrank zu holen, musste er durchs Wohnzimmer.

In dem winzigen Flur fühlte er sich wie gefangen. In seinem Beruf war es nicht abwegig, über das Leben in einer Zelle nachzudenken. Er war sicher, dass er ein längeres Eingesperrtsein nicht überleben würde. Wie oft es in Haftanstalten zum Suizid kam, wusste man nicht einmal bei LEBEN & TOD.

Timm öffnete die Tür zum Kinderzimmer und hockte sich auf Steves Arbeitstisch. Draußen begann es zu dunkeln. Zweihundert Meter entfernt glitt wie eine leuchtende Schlange eine Straßenbahn vorbei. Damit war man in einer halben Stunde mitten in der Stadt. Und dann? Als er noch auf dem Dorf und später in der Kleinstadt gelebt hatte, war ihm Berlin immer als die Inkarnation einer glitzernden Metropole erschienen, in der die Nacht zum Tage wurde, mit wunderbaren Restaurants und gemütlichen Kneipen und interessanten Leuten.

Inzwischen wusste er, was ihn im Stadtzentrum erwartete. In keinem der teuren Restaurants würde er einen Platz finden, die nachgemacht gemütlichen Kneipen waren für die Touristen da, und wohin er auch immer ging – jeder würde ihm seinen Beruf ansehen. Das kannte er schon.

»Was ist denn mit dir los?« Heike hatte die Tür aufgerissen. »Hast du die Blumen besorgt?«

Er hatte keine besorgt. Und es war einigermaßen hoffnungslos, am Freitagabend irgendwo welche auftreiben zu wollen. Er hatte den vierunddreißigsten Geburtstag seines Schwagers glatt vergessen. Als Ersatz für die Blumen fiel ihm nur die Flasche Perlwein ein, die er für einen neuen Versöhnungsversuch gekauft hatte.

Unterwegs sprach Heike kein Wort. Nicht einmal, dass sie mit dem Auto fuhren und er damit für diesen Abend auf jeglichen Alkoholgenuss verzichtete, erkannte sie durch eine wohlwollende Bemerkung an. Das ärgerte Timm, und er beschloss, die Fahrt für seine Zwecke zu nutzen. Im Auto konnte sie ihm nicht ausweichen, und das vorläufige Ende des vorauszusehenden Streits war mit der Ankunft in Kaulsdorf Nord gesetzt. Ihm blieben nur ein paar Minuten.

»Weshalb hast du nicht erwähnt, dass dein Doktor Henning abgehauen ist?«, erkundigte er sich möglichst beiläufig.

Heike sah ihn verstört an, den Mund noch ein wenig weiter geöffnet als gewöhnlich. Im fahlen Schein der Bogenlampen wirkte ihr Gesicht kalkig.

»Seit wann wisst ihr das?«

Wenn sich Gelegenheit dazu bot, liebte es Timm durchaus, sich lakonisch auszudrücken wie ein Fernsehdetektiv. »Seit eben«, sagte er. »Du hast es mir gerade bestätigt.«

Er kannte seine Frau lange genug, um sich ihren vernichtenden Blick vorzustellen, und vermied es deshalb, zur Seite zu gucken. Als er es nach einer ganzen Weile verstohlen tat, nagte sie an ihrer Unterlippe. »Das ist nur eine Vermutung«, sagte sie unerwartet sanft. »Du sprichst besser nicht darüber.«

Als hätte Timm je diese Absicht gehabt. Was Henning betraf, interessierte ihn eine ganz andere Frage.

»Was heißt bei euch HB?«

»Wie kommst du darauf? Das solltest du auch als Nichtmediziner wissen.«

»Ihr schreibt also auf eure Karteikarten, wenn von einem Patienten die Blutwerte festgestellt werden?«

Sie zögerte. »Nein. Auf der Karte steht lediglich, wann er bei uns war.«

»Und was bedeutet HB hinter dem Datum?«

Sie blickte angelegentlich aus dem Fenster, als gäbe es in den verlassenen Neubaustraßen irgendetwas Betrachtenswertes.

»Bei deinem Seibold ist nie ein Hausbesuch gemacht worden«, sagte sie schließlich.

»Am 13. Oktober. Heute vor vierzehn Tagen. Das Datum wurde wegradiert.«

»Mein Gott! Wahrscheinlich ein Irrtum. Versehentlich die falsche Karte.«

Ihr Ton klang schon wieder gereizt. Timm war nicht in der Stimmung, darauf Rücksicht zu nehmen. »Erinnerst du dich daran, oder schiebst du es auf deine Kollegin Maritta?«

»Ich weiß wirklich nicht, weshalb ich dir rechenschaftspflichtig sein sollte. Der Doktor war nicht bei Seibold. Das genügt wohl.«

»Es ist auch gar nicht deine Schrift«, sagte Timm gelassen. »Und seltsamerweise kein Datumsstempel wie bei den anderen Eintragungen.«

Sie brauchte ihm nicht mehr zu antworten. Sie waren

vor dem grauen Block in der Albert-Norden-Straße angelangt. Jedenfalls glaubte Timm das. Es war aber der Nebenaufgang.

Schwager Wolfram empfing sie mit gerötetem Gesicht und einer Bierflasche in der Hand. »Hallo, Didi! Wieder 'n fetten Leichenfund gehabt in dieser Woche?«

Es war wie immer. Zu laut für Timms Geschmack. Und zu viel Alkohol, wenn er selber nicht mittrank. Hoffentlich fingen sie nicht auch noch an, in seinen dienstlichen Angelegenheiten herumzubohren. Damals, als dieser andere Künstler ertrunken war und Heike unvorsichtigerweise eine Andeutung machte, er hätte mit der Untersuchung zu tun, waren sie wie die Pferdebremsen über ihn hergefallen, so wenig sie sonst auch von ihm und von seinem Job hielten.

Wolfram und seine Carmen waren die einzigen aus Heikes Familie, die Timm einigermaßen akzeptierten. Für die anderen blieb er ein Fremder. Der Sachse. Das ärgerte ihn besonders. Er stammte aus einem Dorf im letzten Zipfel des Kreises Altenburg, und der hatte bekanntlich immer zu Thüringen gehört. Das einer Berliner Familie beizubringen war unmöglich. Alleine der Ortsname Langenleuba-Niederhain riss sie unweigerlich zu Lachstürmen hin. Und die Bahnstation heißt Beiern-Langenleuba!, prustete Heike gewöhnlich auf dem Höhepunkt der Heiterkeit heraus. Was war daran so komisch? Bei Meuselwitz gab es einen Bahnhof Wuitz-Mumsdorf. Über diesen Namen hatte er sich schon als Kind amüsiert.

Der Opa mit seiner Schwerhörigenstimme übertönte alle. »Was der Erich nu wohl macht?«, erkundigte er sich bei seiner Enkeltochter Carmen. Sie arbeitete bei der Kreisleitung, vernahm also stets alles aus allererstem Munde und war entsprechend stolz darauf, ihr Wissen unter den weniger Privilegierten ausstreuen zu können.

»Es war lange geplant, dass Egon die Aufgaben übernimmt«, erklärte sie in ihrer naseweisen Art.

»Egon hat einen Plan!«, spottete Silke. »Hoffentlich landet er nicht wie üblich im Knast.«

Die Mutter, immer in Sorge, es könnte Streit ausbrechen, mahnte: »Silke! Der Mann ist jetzt immerhin der höchste Vorsitzende.«

»Man muss ihm eine Chance geben«, soufflierte ihr Sohn Wolfram. Heike sah ihren Mann bedeutungsvoll an. Timm senkte die Augen und schwieg.

»Ein Dreikaiserjahr«, dozierte der Opa. »Vor hundert Jahren hat es das schon mal gegeben. Achtzehnhundertachtundachtzig, nach dem Tod von Kaiser Wilhelm. Danach kam Friedrich, und der hatte Kehlkopfkrebs.«

»Ich denke, Egon ist zuckerkrank«, sagte Silke.

»Alkoholiker!«, korrigierte Neffe Michael.

»Also bitte!« Carmen wies derartige Unterstellungen zurück. »Er macht als Staatsmann wirklich eine gute Figur.«

Diesmal hustete sogar Timm. Der Opa wedelte mit seiner knorrigen Hand. »Jedenfalls hat er nur hundert Tage regiert, der Friedrich. Ich kann mich noch besinnen …«

Michael lachte auf. »Man sieht dir nicht an, wie alt du wirklich bist!«

Opa ließ sich nicht beirren. »Nach einem starken Mann kommt erst mal eine Null!«, erklärte er kategorisch. »Oder weiß einer von euch, wie der Nachfolger von Stalin hieß? – Na bitte.« Er sah sich triumphierend um. »Ein gewisser Malenkow. So 'n kleiner Dicker mit Schmalzlocke und tückischem Blick. Der ist heute längst vergessen und verdorben. Oder der Nachfolger von Breshnew. Wer kann sich an den erinnern?«

Nicht einmal Carmen fiel der Name sofort ein. Es war ihr sichtlich peinlich. Timm hielt sich zurück. Wenn er jetzt Andropow sagte, würde er nur die Aufmerksamkeit auf sich lenken. Daran lag ihm nichts.

»Ich weiß, wie der hieß: Tschernobyl!« Michael kam sich sehr ulkig vor. Die Familie feierte den Witzbold gebührend.

Vergeblich versuchte Timms Schwiegermutter, das Gespräch von der Politik wegzulenken. Welches Thema sie auch anschnitt: Wolframs und Carmens Neubauwohnung, die niedrigen Mieten oder die Qualität der Schrippen in den Kaufhallen – alles verfiel sofort der allgemeinen Kritik, in die sogar Wolfram einstimmte, zumindest was die mangelhafte Bauausführung der Wohnung anging.

»Mit eurem Staatsmann Egon wird das jetzt alles besser«, sagte Silke spitz. »Nur wo er die Arbeitskräfte hernehmen will, weiß er auch noch nicht.«

Michael wusste es. »Aus'm Westen. Da sind die Lager voll, steht in der Zeitung.«

»Ist denn bei dir in der Praxis wenigstens alles in Ordnung?«, erkundigte sich die entnervte Mutter bei Heike. Die sah ihren Mann an.

»Natürlich. Sogar Dietmar hat uns vorgestern mit einem Besuch beehrt.«

»Bist du krank?«, wollte Opa wissen.

»Er gehört zu den siebenundfünfzig schwer verletzten Polizisten vom siebenten Oktober«, vermutete Michael.

Alle schwiegen erwartungsvoll. Heike sagte: »Es hat sich mal wieder eine bedeutende Persönlichkeit totgesoffen.«

»Erzähl mal!« Timms Schwiegermutter, die sonst kaum ein Wort mit ihm sprach, war Feuer und Flamme.

»Erzähl lieber, wie ihr die Leute mit dem Wasserwerfer gegen die Hauswände geklatscht habt!«, forderte Michael dreist. »Habt ihr schon genauso einen Plan wie die in Peking?«

Wieder sahen alle Timm an, der vor Ärger weiß um die Nase wurde. »Du solltest am Sonntag ins Rote Rathaus gehen«, sagte er mühsam beherrscht. »Da wird es dir der Polizeipräsident persönlich erläutern.«

»Na, Ordnung und Sicherheit darf man nicht aufgeben!«, meinte der Opa. Timm war eher betroffen als erleichtert über den unerwarteten Beistand. Immerhin war die Aufmerksamkeit von ihm abgelenkt und wandte sich schnell dem Thema zu, das die Familienfeiern seit Längerem zunehmend beherrschte: den Westreisen. Michael, dem es im Vorjahr gelungen war, für vier Tage einen angeblichen Cousin in Paderborn zu besuchen, galt dabei als anerkannter Experte.

Tante Martha in Friedenau wurde im Dezember fünfundsiebzig. »Ich hoffe, dass sich deine Genossen die Großtante unterjubeln lassen.« Michael blickte Timm herausfordernd an. Der verzog keine Miene.

»Wir haben unsern Antrag schon gestellt«, sagte Silke und deutete auf Heike. Die nickte bestätigend und konzentrierte sich darauf, ihren Mann nicht anzusehen.

Timm hätte sich lieber die Zunge abgebissen, als vor versammelter Mannschaft zuzugeben, dass Heike ihn wieder mal bei einer wichtigen Entscheidung übergangen hatte.

»Dürft ihr denn jetzt?«, erkundigte sich Wolfram. Timm hatte allmählich genug. »Heike ist volljährig.«

Zu aller Überraschung sagte Carmen: »Ich hab auch dran gedacht, zu fahren. Es soll ja bald ganz einfach sein.«

»Du?«, staunte selbst der Opa. »Dich fang' doch die Rauschgiftdealer gleich am Lehrter Bahnhof ab!« Er lachte krächzend. »Wozu ist die Mauer eigentlich noch gut, wenn selbst die treuen Genossen sie von der anderen Seite begucken wollen?«

»Eine geschützte Staatsgrenze muss sein«, sagte Wolfram. »Sonst geht das ja wieder los wie früher.«

Diesmal widersprach ihm sogar seine Mutter. »Du weißt doch gar nicht mehr, wie es wirklich war. Ich fände es schon ganz schön, wenn wir wieder die U-Bahn vor der Tür hätten.« Sie wohnte am Rosenthaler Platz.

»Dafür übt ja unser Bruder jeden Sonntag mit seiner

Kampfgruppe«, sagte Silke spitz. »Dass wir nicht etwa auf den falschen Bahnsteig geraten.«

Wolframs Verteidigung fiel lahm aus. Als er sich hilfesuchend an Timm wandte, stand der auf. »Es ist spät«, sagte er. »Ich will morgen mit dem Jungen ins SEZ. Da muss ich frisch sein, sonst schwimmt er mir weg.«

»SEZ? Was ist das für 'n Verein?«, erkundigte sich der Opa.

Neffe Michael griente. »Sachseneingewöhnungszentrum!«

Das war Timms Schwiegermutter zu viel. »Sport- und Erholungszentrum«, verbesserte sie. »Seid nicht so hässlich zueinander in solchen Zeiten.«

Heike, die Timms plötzlichem Aufbruch nicht widersprochen hatte, verabschiedete sich im Flur von ihrer Schwester.

»Und vergiss nicht: morgen Abend um sechs«, sagte Silke. »Sonst kriegen wir keinen guten Platz.«

Heike versprach, pünktlich zu sein. Timm stand daneben und fragte nicht, wohin die beiden wollten. Auf der Treppe sagte Heike es ihm: »Wir gehen in die Erlöser-Kirche. Möchtest du mitkommen?«

Für einen Moment überlegte Timm, ob er sie schocken und Ja sagen sollte, entschied sich jedoch anders. »Wir können Steve nicht jeden Abend allein lassen.«

Wolfram, der ihnen die Haustür aufschloss, hatte nur halb mitbekommen, worum es ging. Er küsste seine Schwester und drückte Timm die Hand. »Es steht uns noch einiges bevor!«, sagte er mit schwerer Zunge.

Timm widersprach ihm nicht.

7

Dass es irgendwann zu diesem Gespräch kommen musste, hatte Timm vorausgesehen. Ausgerechnet an diesem Montag! Dabei verlief es überraschend glimpflich. Je länger und wortreicher Pokorny sich ausbreitete, umso mehr hatte Timm das Gefühl, von der ganzen Angelegenheit gar nicht betroffen zu sein. Insgeheim betrachtete er den Oberst wie einen redseligen Zeugen, von dem nichts Substanzielles zu erwarten war. Tietze, den in seinem Amt ergrauten Parteisekretär, der dabeisaß und vergebens versuchte, seiner einfältigen Miene etwas Unheilverkündendes zu verleihen, nahm er ohnehin nicht ernst.

Es war Lachmuths Spezialität, Tietzes sieben Redefloskeln und das dazu passende Schafsgesicht vollendet nachzuahmen. Aber Lachmuth war nicht da. Wenn er von der Parteischule zurückkam, sollte er Tietzes Funktion übernehmen, so munkelte man. Timm interessierte sich nicht für diese Postenrangelei.

Nun war also aufgefallen, dass er sich seit zwei Monaten der Beitragspflicht entzogen und überdies das Abonnement des Zentralorgans gekündigt hatte. In Wahrheit hatte er nur nichts gegen die Eigenmächtigkeit seiner Frau unternommen, und er hatte jetzt auch nicht die Absicht, sich auf ihre Kosten herauszureden.

Das fehlte noch, dass sie in dieser verfahrenen Situation anfingen, Heike zu agitieren! Mit der war überhaupt nicht mehr zu reden. Am Sonnabend war sie erst gegen Mitternacht heimgekommen, angeblich aus der Kirche, und tatsächlich stand heute ein Bericht über die Veranstaltung in der Zeitung. Gedächtnisprotokolle waren dort verlesen worden, von Opfern staatlichen Machtmissbrauchs war die Rede. Da konnte er zehnmal betonen, er habe am 7. und 8. Oktober nur Bereitschaftsdienst versehen. Seine eigene Frau glaubte ihm nicht mehr.

»Also«, sagte Pokorny, der kaum mittelgroß war und deshalb besonders straff aufgerichtet in seinem Drehsessel saß, »wir haben uns verstanden. In diesen Tagen kommt es noch mehr als sonst auf unser einheitliches und entschlossenes Handeln an. Dem Klassengegner keinen Angriffspunkt bieten.«

Wie üblich musste der Klassenfeind herhalten. Timm wusste, wie wenig Sinn es hatte, sich auf eine Diskussion einzulassen. »Die Vorwürfe gegen uns stehen heute in der BERLINER ZEITUNG«, sagte er dennoch.

Tietze musterte ihn missbilligend. »Du bist dir hoffentlich klar darüber, dass in normalen Zeiten ein Parteiverfahren fällig wäre!«, blaffte er mit seiner heiseren Stimme, ohne auf Timms Argument einzugehen.

»In normalen Zeiten!«, sagte der lauter, als man es von ihm gewöhnt war, und stand auf.

Pokorny winkte ihm beruhigend zu. »Natürlich ist die Lage schwierig. Öffentliche Diskussionen vor dem Roten Rathaus und Pressekritik. Vielleicht werden wir uns daran gewöhnen müssen. Deshalb kommt es in erster Linie darauf an, dass jeder von uns seine dienstlichen Aufgaben vorbildlich erfüllt.«

Timm erwartete noch einen Satz über Parteilichkeit und revolutionäre Wachsamkeit, doch der blieb aus.

Tietze schien verwirrt. »Die Einheit und Geschlossenheit unserer Partei, besonders unter den neuen Bedingungen …«, begann er.

Pokorny ließ ihn nicht ausreden. »Die alte Parteiführung hat Fehler gemacht. Entscheidende Fehler. Darüber sind wir uns ja wohl einig.» Er sah nur Timm an. »Die Leitung hat schon vor Monaten darauf hingewiesen, dass nicht alles so läuft, wie wir uns das vorstellen.«

Tietze schien zum ersten Mal davon zu hören. »Wir müssen erst mal die neue Linie abwarten …«

»Ja«, sagte der Oberst, eine Spur von Ungeduld in der Stimme. »Seid ihr übrigens mit diesem Maler schon weiter?«

Wenn Pokorny davon wusste, kam dem Fall Seibold irgendeine Bedeutung zu. »Wir warten auf den Obduktionsbericht«, sagte Timm ausweichend. »Das wird noch ein paar Tage dauern.«

Pokorny nickte. »Ich habe mich erkundigt. Kein auffälliger Befund. Allerdings steht das serologische Gutachten noch aus.«

Und der Plastesack mit den leeren Flaschen noch in der Ecke, dachte Timm. Das war nicht mal Gräfes Schuld. Was mochte an diesem Seibold dran sein, dass der Oberst persönlich bei den Gerichtsmedizinern nachfragte.

»Hat der erste Angriff irgendwelche Hinweise ergeben?«

Timm schüttelte den Kopf. Hinweise? Das hieß Suizid. Oder Tod durch dritte Hand. Auszuschließen war beides nicht mit absoluter Gewissheit. »Ich wollte mir heute noch einmal das Umfeld ansehen«, sagte er. »Testament, Erben und so weiter.«

Pokorny erhob sich zu seiner vollen Größe und schritt um den Schreibtisch herum. Ob er wohl wusste, dass ihn seine Untergebenen schon vor Jahren Nicolae getauft hatten? Er sah dem rumänischen Parteichef ein bisschen ähnlich.

»Ich verlasse mich auf dich«, sagte er und drückte Timm fest die Hand. Tietze guckte misstrauisch. »Das ist ein Vorgang, den man mit Fingerspitzengefühl angehen muss. Ich möchte da keine Gerüchte. Verstehen wir uns?«

An sich hatte Timm nicht die Absicht gehabt, das graue Haus zu verlassen, doch konnte man Pokornys Vertrauen auch als direkten Auftrag auslegen. Also meldete er sich nach Karlshorst ab und schleifte möglichst unauffällig die Flaschensammlung hinunter ins Auto. Bei der Kriminaltechnik in Johannisthal kannte er zwei der Chemiker gut genug, um ihnen Gräfes Mülltonnenausbeute zuzumuten. Doktor Becker, ein überlanger Major, der in seinem weißen Kittel wie ein Stück Kreide aussah, tat nicht einmal, als wundere er sich über den Sackinhalt. »Registrieren wir es unter Rumpelmännchen«, schlug er sarkastisch vor.

Timm widersprach ihm nicht.
»Eilig?«, wollte Becker wissen.
»Zu Silvester braucht die Industrie die Flaschen.«

Anschließend stürzte sich Timm in den zähflüssigen Mittagsverkehr nach Karlshorst. Lola Belickes Galerie lag in einer stillen Seitenstraße in der Nähe des Bahnhofs. Vor achtzig Jahren war hier der Kaiser zum Pferderennen angereist. Das hölzerne Empfangsgebäude war noch nicht völlig zerfallen.

Er parkte den Wagen nicht direkt vor dem Schaufenster. Drinnen stand Frau Belicke anmutig hinter einer Glastheke und verkaufte einen Satz Kunstpostkarten. Sie erkannte ihn sofort, wie ihr kühler Gruß bewies.

Timm sah sich in dem weiß getünchten Raum um. Die Bilder an den Wänden, meist in Braun und düsteren Grautönen gehalten, sagten ihm wenig. Die hätte er sich nicht ins Zimmer gehängt. Er liebte helle Farben, jedenfalls an der Wand. Heike hatte sich für eine Herbstwald-Tapete entschieden, auf die höchstens ein Vogelhäuschen passte.

»Nun, haben Sie etwas herausgefunden?«

Timm schüttelte den Kopf. Lola Belicke trug eine silberbestickte schwarze Bluse mit weiten Ärmeln. Sie gefiel ihm heute noch besser als an Seibolds Todestag. Bedauerlich, dass er Frauen immer nur im Zusammenhang mit traurigen Ereignissen kennenlernte.

»Ich möchte gerne diesen kleinen blauen Stier.« Er wies auf eine Tonfigur im Regal hinter ihr. Heike war nicht nur vom Sternbild her ein Stier. Vielleicht gelang es ihm, sie mit diesem Viech etwas milder zu stimmen.

Frau Belicke drehte die fingerlange Figur um und las den Preis von der Fußsohle ab. »Vierundzwanzig Mark.«

Eine Menge Geld. Kunst hatte eben ihren Preis.

»Dann nehme ich außerdem den Frosch«, sagte Timm. Steve hatte viel eher ein Geschenk verdient als Heike.

Er bezahlte, und sie packte die Tiere in Seidenpapier ein. Zuerst den Frosch und dann den Stier. »Es handelt sich übrigens um ein Nashorn«, sagte sie.

Sie verstand nicht, weshalb Timm lachte.

»Sie brauchen es nicht zu nehmen.«

Timm wurde schnell wieder ernst. »Doch, doch«, sagte er. »Es ist sehr passend.«

Sie reichte ihm das Päckchen. »Und was wollen Sie wirklich?«, fragte sie. »Glauben Sie immer noch, irgendjemand hätte Rudolf etwas angetan?«

»Natürlich nicht«, sagte Timm. »Sie können das als reine Routine betrachten. Wir möchten nur sichergehen, dass es keinerlei Gründe für weitere Untersuchungen gibt. Weiter nichts.«

Sie sah ihn an, bis er sich unter ihrem Blick unbehaglich fühlte. »Also gut. Was wollen Sie wissen?«

»Es gibt da eine ganze Reihe von Fragen …«

»So?« Sie blickte auf die schmale goldene Uhr an ihrem Handgelenk. Ihr Unterarm war eher fleischig als kräftig, aber irgendwie wohlgeformt, fand Timm.

»Um diese Zeit trinke ich immer meinen Tee. Möchten Sie eine Tasse, oder wird das als unzulässige Beeinflussung gewertet?«

»Ganz und gar nicht!«

In dem fensterlosen Nebenraum, in dem sich Bilder, Pappen und Papier stapelten, war kaum Platz für zwei Teetassen, geschweige denn für zwei Personen. Ob die Verwendung eines Tauchsieders unter diesen Bedingungen erlaubt war, wollte Timm sich gar nicht erst fragen. Er war einerseits froh, dass Lola Belicke sich ein bisschen zugänglicher zeigte. Andererseits waren ihm ihre dunkelbestrumpften Knie beunruhigend nahe.

Wildkirschenaroma wallte durch das enge Kabuff. Timm schwitzte, ließ es sich aber nicht anmerken. »Sehr gut, der Tee«, lobte er.

Lola Belicke lächelte schwach. »Haben Sie immer nur mit Toten zu tun?«

»Im Prinzip ja.«

Sie rührte gedankenverloren in ihrem Tee. »Schrecklich. Wie wirkt sich denn das auf Ihre Psyche aus?«

Timm hob die Schultern. »Einer muss es machen.«

Ärgerlich ließ sie ihren Löffel fallen. »Und zwar mit deutscher Gründlichkeit! Was vermuten Sie denn hinter einem Todesfall wie dem von Rudolf Seibold?«

Timm zögerte. »Es könnte beispielsweise ein Selbstmord sein. Obwohl die Umstände nicht darauf hindeuten.«

»Ich verstehe nicht. Was würde das ändern? Er ist tot! So oder so. Wenn er es selbst gewollt hätte – woran würden Sie das erkennen?«

»Er hätte vielleicht einen Abschiedsbrief hinterlassen.«

Sie schwieg und trank ihren Tee.

»Hatte er eine Lebensversicherung abgeschlossen?«

»Sie meinen, die würde bei einem Selbstmord nicht ausgezahlt? Da kann ich Sie beruhigen. Er hatte seit ungefähr drei Jahren keine mehr. Wir haben damals darüber gesprochen, als seine alte Versicherung ausgezahlt wurde. Er fürchtete eine ärztliche Untersuchung. Immerhin kannte ihn ja unsere Versicherungsvertreterin.«

»Wie Sie mir sagten, war Doktor Henning sein Hausarzt. Ich möchte gerne einen Blick in den Versicherungsausweis werfen.«

»Er war sehr lange nicht beim Arzt, soviel ich weiß.«

»Und Doktor Henning war auch nicht bei ihm?«

»Wie kommen Sie darauf …« Der Gedanke stimmte sie offensichtlich nachdenklich.

»Auch nicht am dreizehnten Oktober? Das war ein Freitag.«

»Freitag, der dreizehnte …« Sie guckte um die Ecke, weil jemand den Laden betrat. Vielmehr die Galerie.

»An diesem Tag hat Doktor Henning mich angerufen.«

»Tat er das öfter?«

Sie stand auf und ging hinaus zu der Kundin.

»Nie«, sagte sie über die Schulter. »Auch wenn Frau Loebe etwas anderes behauptet.«

Es verging beinahe eine Viertelstunde, bevor sie wieder Zeit für ihn hatte. Timm blätterte unverdrossen in einem Ausstellungskatalog. Der Tee war inzwischen kalt.

Sie empfand es anscheinend als störend, dass er noch immer hier saß. Sie blieb in der offenen Tür stehen und sagte: »Ich erinnere mich, dass Henning an diesem Tag hier anrief. Rudolfs Zustand beunruhigte ihn.«

»Dann muss er ihn doch gesehen haben.«

»Wahrscheinlich auf der Straße. Obwohl Rudolf selten rausging.«

»Und das war alles, was Doktor Henning wollte?«

Sie stieß sich von dem Türrahmen ab, an den sie sich gelehnt hatte, und sagte scharf: »Nein! Und bevor Sie noch weiter jedes unsinnige Gerücht verfolgen, sage ich Ihnen klar und deutlich: Ich habe nicht mit Doktor Henning geschlafen, wie es Rudolf in seinem Wahn behauptete. Vor Jahren kam es deswegen zu einem sehr unangenehmen Auftritt. Deshalb glaube ich nicht, dass Henning jemals wieder unser Haus betreten hat.«

»Das verstehe ich«, sagte Timm, und er kam sich jetzt wirklich wie der Bauernstoffel aus Langenleuba-Niederhain vor, weil er nicht aufstand und die Frau in Frieden ließ. »Können Sie sich noch an die Worte von Doktor Henning erinnern?«

»Wir haben nur ein paar Sätze gewechselt. Es warteten Kunden auf mich. Also habe ich gesagt, ich käme demnächst mal vorbei. Obwohl ich wusste, dass ich gar keine Zeit dafür habe.«

»Und was sagte er?«

Sie sah ihn verständnislos an. »Alles Gute oder so etwas.« Und plötzlich begriff sie. »Deswegen sind Sie hier! Sie tun, als ginge es Ihnen um Rudolf – und in Wahrheit interessiert Sie nur, dass der Doktor abgehauen ist.«

»Davon ist mir nichts bekannt«, sagte Timm steif. Das fehlte noch, dass sie die Neuigkeit verbreitete und sich dabei auf die Kriminalpolizei berief.

Die ganze Zeit hatte ihn Lola Belicke ihre Überlegenheit spüren lassen. Jetzt ging sie zu offenem Hohn über. »Wollen Sie mir wirklich einreden, ausgerechnet die Kripo wüsste nicht, weshalb für Doktor Henning eine Vertretung amtiert?«

»Nehmen wir einmal an, Sie hätten recht«, sagte Timm vorsichtig, »könnte dann dieser Anruf am Dreizehnten so etwas wie ein Abschied gewesen sein …?«

»Wollen Sie mich nun auch noch zur Mitwisserin von Doktor Hennings Plänen machen?« Ihr Ton klang jetzt ausgesprochen hochmütig, und so blickte sie auch auf ihn herab. Sein Kopf befand sich in Höhe der mittleren Knöpfe ihrer Bluse. Er hielt es für besser, sich zu erheben.

»Sie täuschen sich wirklich«, sagte er bedauernd. »Ich versuche lediglich, mir Klarheit über den Gesundheitszustand von Herrn Seibold zu verschaffen.«

»Und darüber, ob ich etwa ein Motiv hatte, ihn umzubringen.«

Timm schüttelte den Kopf. »Ich verstehe Sie, Frau Belicke. Für Sie ist das vor allem eine zusätzliche emotionale Belastung. Mit der sie übrigens viel besser fertig werden als die meisten Betroffenen, wenn ich Ihnen das sagen darf …«

»Auch das spricht gegen mich, nicht wahr?«

»Aber keineswegs, Frau Belicke. Sie glauben gar nicht, wie sehr es meine Arbeit erleichtert, wenn man gefasst und sachlich mit den Angehörigen sprechen kann. Niemand verdächtigt Sie. Nur – wenn wir einmal mit unseren Untersuchungen beginnen, interessiert uns natürlich das Umfeld des Toten. Seine Freunde, die Verwandten. Und natürlich stellen wir uns die Frage, ob jemand einen Vorteil aus diesem Todesfall ziehen könnte.«

Sie zuckte die Achseln. »Soviel ich weiß, hat Rudolf keine Verwandten. Sein Bruder ist vor Jahren gestorben, und mit dem war er seit eh und je zerstritten. Ich weiß überhaupt nur per Zufall, dass der existierte. Und Sie täuschen sich vielleicht auch bezüglich der *Vorteile*, die jemand durch Rudolfs Tod haben konnte. Sein Konto habe ich im Wesentlichen verwaltet. Das hat sich – als zweckmäßiger erwiesen. Er war ohnehin nur schwer an schriftliche Dinge heranzubringen. Jahrelang habe ich auch seine Steuererklärungen erledigt.«

»Sie besitzen eine Kontovollmacht?«

»Ihre Überprüfung hat sicher ergeben, wie oft ich davon Gebrauch gemacht habe.«

Ihr Ton war inzwischen ausgesprochen gereizt. Timm versuchte noch einmal, ihren Argwohn einzuschläfern. »Sie überschätzen unsere Befugnisse, Frau Belicke. Für eine Kontenüberprüfung ist die Genehmigung des Staatsanwalts erforderlich.«

»Ein Problem für Sie?«, fragte sie ironisch.

»Ja. Für eine solche Überprüfung liegt kein Anlass

vor. Selbst aus eventuellen Testamentsstreitigkeiten ergeben sich nur zivilrechtliche Ansprüche, mit denen die Kriminalpolizei nichts zu tun hat. Es liegt doch ein Testament vor?«

Sie hob die Brauen und sah ihn wieder sehr überlegen an. »*Sie* haben das Atelier durchsucht und versiegelt. Haben Sie eins gefunden?«

Timm verteidigte sich. »Wir haben lediglich einige Spuren gesichert, nichts durchsucht. Sobald die Untersuchung abgeschlossen ist …«

»Ja, wonach suchen Sie denn?«, unterbrach sie ihn. »Nach Spuren von Besucherinnen etwa?«

Die Befragung drohte eine befremdliche Wendung zu nehmen. »Etwaige Atelierbesucher an den Tagen vor dem Tod von Herrn Seibold würden uns schon interessieren«, sagte er. »Es soll auch ein Bürger aus der BRD darunter gewesen sein …«

Das war falsch; er spürte das selber. Er ermittelte schließlich in keiner Spionageaffäre. Aber Frau Loebe hatte im Zusammenhang mit diesem Westbesucher auch einen Sohn erwähnt. Seibolds Sohn?

»Sie meinen Vogelsang?«, sagte Lola Belicke.« Glauben Sie, ausgerechnet *der* hätte Rudolf etwas angetan?«

»Wer ist dieser Vogelsang?«

Frau Belicke lächelte spöttisch. »Rudolfs intimer Feind aus längst vergangenen Zeiten.«

Vorn öffnete jemand unsanft die Ladentür. Lola Belicke spähte um die Ecke und rief freudig: »Evchen!« Sie war sichtlich erleichtert, der unangenehmen Befragung endlich entrinnen zu können. Sie umarmte die

Frau und begann, deren Bilder in den Laden zu schleppen. Timm, noch längst nicht am Ende seiner Fragen, kam sich überflüssig vor.

»Ich verabschiede mich dann«, sagte er laut. »Ich hoffe, ich habe Ihnen nur noch die Nachricht über den Abschluss unserer Untersuchungen zu überbringen.«

Lola Belicke war ganz mit dem Auspacken der Bilder in Anspruch genommen. »Ich kann Ihnen wirklich nichts weiter über Rudolfs Westkontakte mitteilen«, sagte sie spitz. Dann kam sie aber doch noch zur Tür. »Und nichts über Doktor Henning«, fügte sie eindringlich hinzu.

Timm, der immer noch gerne ihr Vertrauen gewonnen hätte, probierte ein gewinnendes Lächeln. »Ich kenne Doktor Henning », sagte er, um sie zu beruhigen. »Meine Frau ist Sprechstundenhilfe in seiner Praxis.«

»Ach …«, sagte sie und erbleichte. Oder bildete er sich das nur ein?

8

Es war für Timm kein nennenswertes Problem, aus dem Melderegister die Adresse der Belicke-Tochter herauszufinden, die den bemerkenswerten Vornamen Tigra trug und exakt einen Monat jünger war als er selbst. Sie wohnte schon seit 1981 nicht mehr im Hause der Eltern, war danach mehrfach umgezogen, jedoch noch immer unverheiratet, wenn man den Angaben trauen durfte.

Eigentlich hätte Timm in zwanzig Minuten Dienstschluss gehabt. Aber wenn die Dame mit dem exotischen Vornamen wider Erwarten eine normale Werktätige war, konnte er sie ohnehin erst am Abend erreichen. Nach dem mageren Ermittlungsergebnis in der Galerie hatte er es sich in den Kopf gesetzt, noch heute mit ihr zu reden. Er begann die Woche nicht gerne mit halben Sachen. Außerdem war er auf diese Tochter gespannt. Dieberg, den er vorsorglich nur telefonisch informierte, stimmte seinem Vorhaben ohne Diskussion zu. »Aber morgen früh trotzdem pünktlich«, war alles, was er verlangte.

Die Rekonstruktion der fünfgeschossigen Mietskaserne in der Nähe des Friedrichshains mochte schon zwei Dezennien zurückliegen. Die Wände im Treppenflur waren von Blattern befallen. Timm fand ohne Schwierigkeiten einen Briefkasten mit einem sauber getuschten Namensschild Belicke Maltzan. Ohne Schräg- und Bindestrich.

Er machte sich an den Aufstieg. An vielen Türen standen zwei Namen; an einer mahnte brandgemalte Holzkunst HAXEN ABKRATZEN! Als Timm den vierten Stock erreichte, ohne auf Belicke Maltzan gestoßen zu sein, verfluchte er sich im Stillen. Also Hinterhaus. Und dort sicherlich wieder ganz oben. Leute, zu denen er wollte, wohnten immer unter dem Dach. Er guckte nach oben. Auf dem letzten Treppenpodest brannte Licht. Nur sicherheitshalber stieg er noch eine Treppe höher.

Links die blechbeschlagene Bodentür. Rechts hingegen hatte jemand eine ehemalige Zimmertür eingesetzt, auf der ein gelber Aufkleber verkündete: ATOMKRAFT? NEIN DANKE! Darunter waren säuberlich mit dunkelgrünem Lack die Namen T. Belicke und J. Maltzan aufgepinselt.

Timm trat näher. Hinter der Tür erklang eintönige orientalische Musik, von der etwas Unwirkliches ausging. Aus dem Treppenschacht wehten Kindergeschrei und die abendlichen Geräusche der Mieter herauf.

Er drückte auf den Klingelknopf. Nichts. Also klopfte er. Die Musik klagte weiter, und Timm hörte auch keine Schritte. Dennoch wurde plötzlich die Tür geöffnet. Nach außen, sodass Timm einen Schritt zurücktreten musste. In dem schwachen Licht erkannte er nur einen Bart und einen krausen Haarwust vor einem schwarzen Hintergrund und in dem dazugehörenden Gesicht die Fassung einer runden Nickelbrille.

»Ja bitte?« Der Mann sprach mit krähender Stimme. Er war kleiner als Timm, und eine starke Duftwolke von Tabakrauch umgab ihn.

»Ich hätte gerne Frau Belicke gesprochen«, sagte Timm.

»Mit wem habe ich das Vergnügen?«

Timm nannte seinen Namen und fügte widerstrebend Dienstrang und »Kriminalpolizei« hinzu. Er hatte sich nicht getäuscht. Maltzan, denn nur um den konnte es sich handeln, machte aus seiner Abneigung gegen die Ermittlungsorgane keinen Hehl. »Das war ja zu erwarten«, krähte er höhnisch. »Wollen Sie uns noch mal zuführen? Oder möchten Sie sich etwa entschuldigen?«

»Ich wollte mit Frau Belicke über Ihren Vater sprechen«, sagte Timm zurückhaltend. »Ist sie zu Hause?«

»Über ihren Vater?« Maltzan stieß ein hohes Kichern aus und funkelte ihn hinter seinen kreisrunden Brillengläsern an. »Was ist denn das wieder für ein Trick?«

Gemessen sagte Timm: »Herr Seibold ist in der vorigen Woche verstorben.«

Maltzans Kichern brach ab. »Ach, *den* meinen Sie … Das weiß meine Frau längst.«

»Sie ist nicht zu Hause?«

»Nein.« Er sah Timm abschätzend an. »Aber irgendwann muss sie kommen.« Und damit wollte er die Tür schließen.

Timm hielt die Tür kaum merklich fest. »Wann etwa?«

Der unter dem Bart verborgene Mund verzog sich zu einem Grinsen. »Sie möchten warten, stimmt's?«

»Wenn das möglich ist? Es würde ihr und mir Zeit ersparen.«

Die schwarze Stoffbespannung war nur eine Art Windfang. Als Timm dahinter hervortrat, war er fasziniert. Er hatte sich oft gewünscht, in einer anderen Umgebung zu leben als in der beengten, von Heike als *Arbeiterschließfach* bezeichneten Hohenschönhausener Neubauwohnung. Einen Raum, der so sehr seinen Träumen entsprach, hatte er ausgerechnet hier nicht erwartet. Nur das dunkelgetönte Dachgebälk, das gleichzeitig als Regal für Bücher, Gläser und vielerlei Gegenstände diente, unterteilte den weiß gekalkten Bodenraum mit den Dachschrägen. Aus dreieckigen Boxen in den Ecken drang noch immer die eintönige Musik.

Der Hausherr, offensichtlich befriedigt von dem Eindruck, den sein Ambiente auf den ungebetenen Besucher machte, wies einladend auf schwarze Sitzkissen, die auf den blanken Dielen um einen kaum dreißig Zentimeter hohen Tisch lagen. Timm sah sich nach einem normalen Sitzmöbel um, konnte aber nur einen aus Rohr geflochtenen Schaukelstuhl ausmachen, auf dem eine Zeitschrift lag. Also ließ er sich, beinahe im Schneidersitz, auf einem der Kissen nieder.

Maltzan dämpfte die Lautstärke der Musik ein wenig und kletterte kurzbeinig in den Schaukelstuhl, nicht ohne das Journal zuvor provozierend auf den Tisch neben Tabakbüchse und Pfeifenset abzulegen. DER SPIEGEL. Timm tat, als nähme er keine Notiz davon. Maltzans Gesichtsausdruck war unter dem dunklen Bart, der ebenso lang und zersaust war wie das Haupthaar, nicht zu erkennen. Die Augen blitzten wachsam.

»Sie mochten Seibold nicht besonders?«, fragte Timm, um seine harmlosen Interessen deutlich zu betonen.

»Sie etwa?«, nuschelte Maltzan. Er hatte eine der Pfeifen mitten in seinen Bart gesteckt und war dabei, sie anzurauchen. »Ich will Ihrem künstlerischen Geschmack nicht zu nahe treten, aber …« Er sog an der knisternden Pfeife.

»Aber?«, fragte Timm.

Maltzan musterte ihn erstaunt und wippte leicht mit dem Stuhl, was auf den unebenen Dielenbrettern, deren helle Maserung frisch gewachst glänzte, ein merkwürdiges Geräusch erzeugte. »Haben Sie sich seine Bilder angeguckt?«

Timm hielt es für besser, ehrlich zu sein. »Ich verstehe nicht viel von Malerei.«

»Seibold verstand auch nichts davon«, sagte Maltzan und kicherte mit seiner Diskantstimme. »Jedenfalls nicht nach meinem Dafürhalten.«

Überall an den Balken hingen kleinformatige Bilder. An der Hinterwand, wo der Bodenraum zu Ende war, vermutete Timm im Halbdunkel weitere. Was sollte dieser riesige Raum anderes sein als ein Atelier?

»Sie sind auch Maler?«

Maltzan beugte sich nach vorn und stieß eine weißliche Qualmwolke aus. »Ich bin Chemiker. Das wissen Sie doch aus den Akten.«

Schon wieder einer, dachte Timm gottergeben. Nahmen diese Missverständnisse nie ein Ende?

»Ich beschäftige mich ausschließlich mit den näheren Umständen von Todesfällen«, sagte er sanft. »Ihr Name war mir bis vor zehn Minuten unbekannt. Herr Maltzan, nehme ich an. Ich weiß nicht einmal Ihren Vornamen.«

Maltzan paffte seine Pfeife und stellte missbilligend fest: »Wenn ich mich irgendwo bewerbe, ist meine Akte immer sofort bei der Hand.«

»Sie wollten mir etwas über Seibolds Malerei erzählen.«

»Da gibt's nichts zu erzählen. Das ist einfach Bockmist. Damit konnte der nicht mal mehr auf der Bezirks-Kunstausstellung landen, und da wird nun wahrhaftig jeder Käse hochgejubelt.«

»Dem Vernehmen nach war Seibold einmal sehr berühmt. Jemand schreibt eine Dissertation über ihn.«

»Na, die lässt sich über den toten Seibold sicherlich besser schreiben als über den nie lebendig Gewesenen.« Wieder kicherte Maltzan. »NPT bleibt man bis an sein Lebensende, bevor man endgültig im Orkus der Geschichte verschwindet. »

»NPT?« Timm begriff nicht.

»Nationalpreisträger!« krähte Maltzan. »Allerdings nur dritter Güte und im Kollektiv. Sie sind wirklich nicht gut informiert für einen von der Firma.«

Timm verzichtete darauf, zu erläutern, dass er von keiner Firma, und schon gar nicht von *der* sei, fragte vielmehr, was Seibold denn für ein Mensch gewesen sei. Rein privat, sozusagen.

Maltzan gab unumwunden Auskunft: »Ein weichherziger Narr, was das Verhältnis zu meiner Frau angeht. Ansonsten ein Arschloch, wenn Sie mich fragen. Soviel ich weiß, hat er andere, die begabter waren als er – wozu wahrhaftig nicht viel gehörte –, wegen ideologischer Abweichungen angeschwärzt. Die Formalismusdikussion von einundfünfzig-zweiundfünfzig ist Ihnen vertraut?«

»Nicht im Einzelnen …«, gab Timm zu.

Maltzan sprang aus dem Schaukelstuhl, der in heftiger Bewegung zurückblieb, und verschwand irgendwo im rückwärtigen Teil zwischen den Dachbalken. »Eine der historisch bemerkenswertesten Etappen sozialistischer Kulturpolitik!«, rief er von dort, und war auch schon wieder zurück, eine verblichene rotbraune Broschüre in Händen, in der mehrere Lesezeichen steckten.

»Die fünfte Tagung vom März einundfünfzig.« Maltzan schlug das dicke Heft auf, als hätte er nur darauf gewartet, endlich daraus zitieren zu können. »*Es gab schon vor Hitler Entartete!*«, las er, und seine helle Stimme überschlug sich fast. »Wissen Sie, wer *das* auf einer ZK-Tagung dazwischengerufen hat?«

Timm schüttelte den Kopf. Er teilte Maltzans Aufregung nicht.

»Walter Ulbricht!«, krähte der triumphierend. »Das hat er dem greisen Otto Nagel an den Kopf geworfen! – Oder hier …« Er schlug eine andere Seite auf. »*Unsere Presse soll die Künstler und Schriftsteller auf jene Stelle der genialen Schrift des Genossen Stalin über dialektischen und historischen Materialismus hinweisen … damit sie die richtigen Schlussfolgerungen für ihre künstlerische Themenwahl ziehen!*«

»Die Zeiten waren eben so«, sagte Timm. »Wir können zufrieden sein, dass wir damals noch nicht geboren waren.«

»Aber verstehen Sie nicht? Hermann Axen hat das gesagt. Und der bestimmt noch heute die Politik mit!«

Nicht mehr lange, hätte Timm beinahe gesagt. Er bremste sich rechtzeitig und äußerte nur: »Es ändert sich jetzt so viel ...«

»Endlich!«, rief Maltzan emphatisch aus und schwenkte das rotbraune Büchlein. »Hier: *Macht Volkslied, Volkskunst und Volkstanz lebendig! Beseitigt die angloamerikanische Boogie-Woogie-Kultur!* Der Mann war jahrzehntelang Außenminister unseres Landes. Otto Winzer.«

Timm lachte. »Was für ein altmodischer Quatsch.« Er mochte Boogie-Woogie.

Maltzan schien ihn gar nicht zu hören. *»Beseitigt ideologische Schwächen und Formalismus an der Hochschule für angewandte Kunst in Berlin-Weißensee!«*, rief er aus. »Das war das Signal für miese Karrieristen von Seibolds Schlag! Wenn Sie mich fragen: Er hat sich rechtzeitig totgesoffen, bevor ihn seine eigene Vergangenheit einholt und ihm alle die, denen er geschadet hat, mit unangenehmen Fragen auf den Pelz rücken.«

Auch Timm war sofort wieder ernst. »Sie meinen, er hat sich damals Feinde gemacht?«

»Was glauben Sie, weshalb er gesoffen hat wie ein Loch? Ich will es Ihnen sagen: Er konnte keinem seiner ehemaligen Kollegen in die Augen schauen. Das war es auch, was jeden Rest von Kreativität in ihm lähmte.«

Erst jetzt schien ihm aufzufallen, mit wem er sprach. »Weshalb interessiert Sie das alles eigentlich. Oder kümmert sich die Kripo neuerdings um jeden toten Staatskünstler?«

»Sie haben mit dieser Formalismusdiskussion angefangen«, erinnerte ihn Timm. »Sagt Ihnen in diesem Zusammenhang der Name Vogelsang etwas?«

Maltzan wippte mit dem Stuhl. »Ludwig Andreas Vogelsang?«

Timm hob die Schultern.

»Ich wusste gar nicht, dass der und Seibold zusammen … Der gleiche Jahrgang müssten sie ungefähr sein.«

»Sie kennen ihn also?«

»Vogelsang ist ein bekannter Maler. Nur nicht in der DDR. Er lebt abwechselnd in Worpswede und in Westberlin.«

»Er hat Seibold besucht.«

»Vogelsang? Schade, das hätte ich wissen sollen!« Maltzan rückte den Schaukelstuhl näher an die Tischplatte heran und begann gewissenhaft eine der Pfeifen zu reinigen. »Ich liebe Vogelsangs expressiven Strich«, erläuterte er.

Timm wusste nicht mehr, wie er seine Beine vor dem Einschlafen bewahren sollte, und erhob sich aus seiner unbequemen Sitzhaltung.

»Wollen Sie schon gehen?«, fragte Maltzan, und es klang spöttisch. »Sie muss eigentlich jeden Augenblick hier sein.«

»Dann warte ich noch.« Timm begann, in dem großen Raum auf- und abzugehen. Seine rechte Wade war völlig taub.

Maltzan hatte die Pfeife gestopft und beobachtete ihn nicht ohne Argwohn. »Übrigens teilt meine Frau nicht alle meine Ansichten über Seibold«, sagte er.

Timm verstand. »Hat sie eigentlich Geschwister?«, fragte er.

Maltzan verschluckte sich am ersten Zug. »Geschwister?« Er hustete. »Das fragen Sie sie besser selber …«

Ein paar Minuten später schloss es auch wirklich an der Tür. Gespannt sah Timm der Frau entgegen, die hinter dem schwarzen Paravent auftauchte und die beiden Männer mit einem lockeren »Hei!« begrüßte. Sie war etwas kleiner als ihre Mutter, und ihre Züge wiesen durchaus eine gewisse Ähnlichkeit auf. Nur waren ihre Lippen breiter und ihre Nase etwas kräftiger. Es sah aus, als hätte sie Sommersprossen auf ihrer Haut, die so braun war wie Milchschokolade.

9

Es passte Timm ganz gut, dass Steve schon im Bett lag und Heike im Bad mit der Waschmaschine beschäftigt war. Er schlich sich in die Küchenzelle und inspizierte den Kühlschrank. Nichts. Ein Becher Margarine, weiße Wagenschmiere, geschmacklos und ach so gesund. Und zum Ausgleich eine fast leere Dose mit fetter Leberwurst. Danach war ihm wahrhaftig nicht zumute. Nicht einmal etwas Trinkbares fand sich. Die Milch musste für Steve zum Frühstück bleiben.

Mit knurrendem Magen verzog er sich ins Wohnzimmer. Unter normalen Bedingungen hätte er vorgeschlagen, irgendwo essen zu gehen. Heike wäre mit Freuden darauf eingegangen. Unter normalen Bedingungen wäre allerdings etwas Essbares im Hause gewesen. Er selber hatte nicht daran gedacht, einzukaufen.

Er schaltete den Fernsehapparat ein. Aber weder das nagende Hungergefühl noch das Fernsehprogramm vermochten ihn gänzlich von dem abzulenken, was ihn innerlich beschäftigte: seine Blamage bei Tigra Belicke. Eine Mulattin. Und er hatte wie der tumbe Tor aus Wuitz-Mumsdorf mit ihr über ihren *Vater*, den Maler Seibold, schwätzen wollen.

Immerhin hatte er etwas über den Inhalt des Testaments erfahren. Tigra Belicke hatte sich sehr freimütig darüber geäußert, dass sie die Hälfte der etwa achtzigtausend Mark erben würde, die sich nach Seibolds früheren Bemerkungen auf dem Konto befinden mussten. Sie nannte Seibold übrigens ganz selbstverständlich ihren Vater. Sie habe ein ausnehmend gutes Verhältnis gehabt. Ein besseres als zur Mutter. Aber das sei wohl bei Töchtern öfter der Fall. So habe sie denn auch noch nicht mit ihr über das Testament gesprochen, das schriftlich vorliegen müsse. Dessen war sie ganz sicher.

Über Seibolds Trinkgewohnheiten oder über dessen etwaige Widersacher war ihr kein Wort zu entlocken gewesen. Für sie sei er immer ein großzügiger und toleranter Vater gewesen, der ihr über manche Enttäuschung in ihrer Kindheit und Pubertät hinweggeholfen habe. Nach Geschwistern wagte Timm nicht zu fragen. Er hatte sich bald verabschiedet. Maltzans vor Freude funkelnde Augen gemahnten ihn allzu sehr daran, dass ihm etwas so Eindeutiges wie Tigra Belickes Hautfarbe im Vorfeld seiner Ermittlungen entgangen war. Möglicherweise wälzten sich Belicke-Maltzans noch immer vor Freude über den genialen Detektiv Timm auf ihren Sitzkissen.

Es geschah ihm ganz recht, dass ihn seine eigene Frau mit Verachtung strafte. Er war wirklich nur ein lausiger Schnüffler, der anderen Leuten zur Last fiel und nicht einmal dabei etwas zustande brachte. Früher hatte ihn Heike manchmal getröstet, wenn er in depressiver Stimmung nach Hause gekommen war; sie bereitete ein besonderes Abendessen zu, zündete eine von den Zierkerzen an, die sie liebte, trank eine Flasche Wein mit ihm. Wie lange lag das zurück?

Er griff nach einem von Heikes herumliegenden Büchern und versuchte zu lesen. Eine trockene Abhandlung über die bereits eingetretene und noch zu erwartende Bevölkerungsexplosion auf der Erde. Natürlich aus einem westdeutschen Verlag. Woher hatte sie so was? Musste es offen hier herumliegen wie bei Maltzan DER SPIEGEL? Er stellte das schmale Bändchen in die Schrankwand, in der seine Fachliteratur ein halbes Fach ausfüllte. Er erinnerte sich, irgendwo etwas über Alkoholismus gelesen zu haben, und suchte danach.

Die Alkoholpsychosen der Schnapstrinker. Delirium tremens. Alkoholhalluzinose. KORSAKOWsches Alkoholsyndrom: Die Kranken sind meist unbeteiligt und stumpf. Prognose schlecht. Ist Seibold schon so weit gewesen?

Der Eifersuchtswahn der Trinker, im Rauschzustand mit gesteigerter Aggressivität einhergehend. Ehefrau wird der zügellosen Sexualität bezichtigt. Sich zum Wahn steigernd. Zumindest das passte auf den Maler, wenn man Lola Belicke glauben durfte. Oder hatte sie einen Grund, zu lügen?

Heike durchquerte wortlos das Zimmer, einen Berg Wäsche im Arm. Auf dem Rückweg blieb sie in der Schlafzimmertür stehen und musterte ihn. Timm lächelte ihr versuchsweise zu. Auch auf ihrem Gesicht zeigte sich der schwache Abglanz eines Lächelns.

»Kann ich dir irgendwie helfen?«, fragte Timm.

»Ach, lass schon …«, sagte sie müde.

»Du hast mir noch gar nichts von dem Abend in der

Kirche erzählt. Heute steht sogar was darüber in der Zeitung.«

Sie öffnete den Mund, als wollte sie etwas Heftiges erwidern, aber dann sagte sie nur leise: »Du hättest mitkommen müssen. Es war erschütternd.«

»Beim nächsten Mal.« Auf einmal erschien ihm der Gedanke, am Samstagabend mit Heike in die Kirche zu gehen, gar nicht so absurd. Das letzte Mal war er beim Begräbnis der Großmutter in einer kleinen Dorfkirche gewesen, einer alten Wallfahrtskapelle, zwei Dörfer von Zuhause entfernt, deren Glocke so hell gebimmelt hatte, als schlüge der Schmied auf den Amboss.

»Ich verspreche es dir«, bekräftigte er seinen Vorsatz.

Heike sah ihn unverwandt an. »Ein junges Mädchen hat über ihre Erlebnisse mit deinen Genossen gesprochen. Ich würde gerne wissen, was du am Siebenten und Achten gemacht hast.«

»Ich hatte Bereitschaftsdienst. In der Dienststelle. Das habe ich dir schon ein paarmal erzählt. Ich bin glücklicherweise mit keinem Zugeführten in Berührung gekommen. Glaubst du mir nicht mehr?«

Sie ließ die Arme herabfallen und sank in den Sessel ihm gegenüber. »Ich weiß nicht«, murmelte sie resigniert.

Timm legte das Buch aus der Hand. »Heike«, sagte er beschwörend. »Ich habe dir sehr oft etwas verschweigen müssen. Du weißt selber, was Schweigepflicht bedeutet. Aber ich habe dich nie belogen.«

In ihren Augen war sehr viel Weiß. »Noch nie?«, fragte sie. »Bist du sicher?«

»Ganz sicher«, sagte er im Brustton der Überzeugung. Und dann, um die elegische Stimmung ein bisschen aufzulockern, fragte er mit einem Augenzwinkern: »Und du? Wie oft hast du mich beschwindelt?«

Sie ging auf seinen Ton ein und antwortete leichthin: »Ein sozialistischer Kriminalist lässt sich nicht belügen. Nicht vom Klassenfeind, und noch weniger von der eigenen Frau.«

»Ich glaube, diese Sprüche können wir uns in Zukunft schenken. Alles gerät langsam in Bewegung, Heike.«

»Ach, Didi!« Sie schüttelte mitleidig den Kopf. »Das Land ist seit Langem in Bewegung. *Ihr* wollt es nur nicht wahrhaben. Du schnüffelst irgendwelchen toten Malern nach und merkst gar nicht, wie viel hier inzwischen vor die Hunde gegangen ist.«

»Ich bin ja nicht blöd«, begehrte Timm auf. »Das ändert doch nichts daran, dass sich auch mit den toten Künstlern einer befassen muss. Das ist in jeder Gesellschaft notwendig.«

»Wenn so ein Maler eine hübsche Witwe hinterlässt, macht's wenigstens ein bisschen Spaß.«

»Du übertreibst! Die Frau ist fast fünfzig.«

»Aber sie gefällt dir. Gib es zu.«

Timm schüttelte abweisend den Kopf. »Wie kommst du darauf?«

»Sie beeindruckt jeden Mann. Warum willst ausgerechnet du wieder eine Ausnahme sein?«

»Nun ja … Für ihr Alter mag sie ganz ansehnlich sein, das gebe ich zu. Aber …«

»Aber? Bist du der Mann, der seine Frau noch nie belogen hat?«

Timm gab sich geschlagen. »Einverstanden. Wenn ich mal zwanzig Jahre älter bin, interessiere ich mich für Lola Belicke. Sie war immerhin Seibolds Modell.«

Heike schob ihre lange Unterlippe verächtlich vor. »Wie das zusammenpasst, kann ich mir kaum vorstellen. Ich denke, Seibold hat bloß Aktivistinnen gemalt.«

»Akt mit Hammer und Sichel«, sagte Timm fröhlich.

Auch Heike schien belustigt von der Vorstellung. »Mit einem Kopftuch sieht sie vermutlich aus wie eine Hexe.«

Timm vergaß für einen Moment, wie gespannt die Situation zwischen ihnen beiden war. »Weshalb haben Frauen immer was dagegen, dass auch andere gut aussehen?«, fragte er.

»Also doch! Ihr Männer fallt auf jedes Getue rein. Und vor allem auf jeden Busen. Gibt es gar nichts anderes, was in euren Augen zählt?«

Unter normalen Umständen wäre das ein anregendes Thema für eine harmlose Kabbelei gewesen. Ausgerechnet in diesem Augenblick aber fiel Timm ein, was Heike ihm einmal im Zorn an den Kopf geworfen hatte: Ich habe dich mit deinem Beruf nur genommen, weil du *wenigstens gut aussiehst* ... Das hatte ihn tief getroffen. Na schön, er war froh darüber, dass man ihm den Jückelberger Schweinestall nicht mehr ansah, in dem er nach der Lehre gearbeitet hatte. Aber ein Mann, an dem nichts weiter bemerkenswert sein sollte als sein Äußeres – das war für sein Empfinden viel zu wenig.

Heike war nie aufgefallen, dass er wegen ihrer Bemerkung mit dem Bodybuilding aufgehört hatte, das offiziell Kulturistik hieß.

»Seibold hat ihr übrigens eine Affäre mit deinem Doktor Henning angedichtet«, sagte er nicht ohne gehässigen Hintergedanken. Er wusste, dass sie auf ihren Doktor nichts kommen ließ.

Ihr Lachen klang gekünstelt. »Wenn's den beiden Spaß gemacht hat … Weißt du Einzelheiten?«

»Du kennst beide viel genauer als ich. Könnte etwas dran sein?«

Sie zuckte die Achseln und stand auf. »Frag sie doch selber. Hast du einen Grund mehr, sie zu besuchen. Sie ist an leichte Erfolge gewöhnt. Ob sie damit allerdings beim Doktor Glück hatte …«

Ihr Gesicht war mürrisch. Timm wusste, dass es ein Fehler gewesen war, Doktor Henning ins Spiel zu bringen.

»Was hat die Belicke eigentlich gesagt, als sie am Mittwoch bei euch anrief?«

»Wann? Morgens oder mittags?«

»Morgens? Wann hat sie zum ersten Mal mit dir telefoniert?«

»Noch vor acht. Sie wollte Doktor Henning sprechen, und ich habe sie abfahren lassen. Sie hat nicht mal ihren Namen genannt. Ich wusste ja nicht, worum es sich handelt.«

»Du bist sicher, dass sie es war?«

»Ich erkenne jede Stimme. Als sie mittags anrief, hatte ich den Klang noch im Ohr.«

»Was für einen Eindruck machte sie bei diesem Morgenanruf? War sie aufgeregt?«

Das Weiß in Heikes Augen leuchtete. »Sag mal, was vermutest du denn? Hat sie dem Alten was in den Kaffee getan?»

Timm wiegelte ab. »Ach wo. Das sind nur die üblichen Fragen, die das Umfeld betreffen.«

»Beerbt sie ihn? Da muss doch was zu holen sein. Bilder sind schweinisch teuer. Und dann das Haus ... Es gibt übrigens Leute, die fangen jetzt an, Häuser aufzukaufen. Oder hatte er Kinder?«

»Frau Belicke hat eine Tochter. Kennst du die?«

»Na, das ist doch stadtbekannt. Der Vater war aus Kenia oder irgendwo da unten.«

Timm lehnte sich in seinen Sessel zurück und legte theatralisch die Hand über die Augen. »Ach, Heike ...«, stöhnte er. »Du hättest mir viel ersparen können. Weshalb reden wir nicht offen miteinander, so wie früher?«

Sie verstand ihn nicht. »Niemand möchte offen mit euch reden. Da liegt das Problem.«

Weil er schwieg, verließ sie achselzuckend den Raum. Als sie nach fünf Minuten mit einem neuen Wäschepacken kam, saß er noch immer in unveränderter Haltung, weit zurückgelehnt, die rechte Hand locker auf der Stirn.

»Schläfst du?«

»Fast«, sagte er und reckte sich.

»Also gut. Wenn es dich beruhigt: *Ich* habe das Datum auf Seibolds Karteikarte wegradiert.«

Timm war verblüfft. »Aber weshalb denn?«

Sie hielt die Wäsche wie einen Schutzschild vor sich. »Der Doktor kann am Freitag gar nicht bei ihm gewesen sein. Es war sein letzter Tag vor dem Urlaub. Weshalb sollte er ausgerechnet Seibold aufsuchen? Niemand hatte angerufen und einen Hausbesuch verlangt.«

»Vielleicht wollte er sich von einem alten Freund verabschieden. Die beiden scheinen sich doch lange gekannt zu haben.«

»Ich weiß nicht ...«

Nachdenklich war sie immerhin geworden.

»Hat der Doktor sich von dir nicht verabschiedet?«

Heike wurde flammend rot, drehte sich um und ging wortlos ins Schlafzimmer.

Timm stand auf und folgte ihr. »Entschuldige bitte.«

Sie legte die Wäsche zusammen, als sei die aus reißfestem Segeltuch. »Dein krankhaftes Misstrauen geht mir auf die Nerven«, sagte sie, ohne aufzublicken.

Er trat dicht an sie heran und hielt von hinten sanft ihre Arme fest. »Heike. Können wir denn überhaupt nicht mehr miteinander reden, ohne uns misszuverstehen?«

Sie wandte sich um, und für einen Augenblick hatte er das Gefühl, sie lehne sich an ihn. Er küsste sie sacht in die Senke unter dem Ohr, bis sie ihn heftig wegstieß.

Böse sagte sie: »Du denkst immer nur an das eine!«

In Timm stieg Zorn auf. Woran sollte er denn denken, wenn er nach Wochen zum ersten Mal wieder eine Frau im Arm hielt. Seine Frau.

»Manchmal benimmst du dich, als hättest du ein schlechtes Gewissen«, sagte er heftiger, als es sonst seine Art war. »Ich kann mir deine Aggressivität nicht anders erklären.«

Sie schwieg verstockt. Oder betroffen?

Als Timm eine halbe Stunde später an der Schlafzimmertür klinkte, hatte sie sich eingeschlossen.

10

Am Dienstagmorgen unternahm Timm keinerlei Anstrengungen, seine miserable Stimmung zu verbergen. Er riss Schranktüren auf und schepperte in der Küche mit allen Töpfen und Gegenständen, die ihm in die Hände fielen. Heike würdigte er keines Blickes oder Wortes. Steve schlief noch, als er nach einem Frühstück, dessen Qualität seiner Laune entsprach, die Wohnungstür hinter sich ins Schloss warf. In dem engen Treppenhaus hallte es wie ein Schuss.

Obwohl es früher war als an anderen Tagen, drängelte er sich mit dem Wagen hektisch durch den chaotischen Morgenverkehr an der Dauerbaustelle Leninallee und hockte schon zehn Minuten vor Dienstbeginn hinter seinem Schreibtisch. Das kam bei ihm selten vor. Er holte Wasser, warf den mit Wasserstein verkeimten Elektrotopf an und nahm sich zum hundertsten Mal vor, ein Fläschchen Essig zur Reinigung mitzubringen. Dann begann er ungeniert die Zeitung zu lesen, was seine Gemütslage auch nicht verbesserte. Obenan, unter der sybillinischen Überschrift *Die Partei hat ihr Gesicht ganz dem Volke zugewandt*, die gewohnte Hofberichterstattung. Der neue Landesvater schien die gleiche Vorstellung vom Volk zu haben wie sein greiser Vorgänger: Er hatte sein Igelprofil zuerst einmal den Absolventen der Militärakademie zugewandt, bevor er sich auf die Reise nach Moskau begab.

Als Dieberg hereinkam, informierte sich Timm gerade auf der Lokalseite über das umfangreiche Programm zur Winterpflege der Springbrunnen und einen nach zwölfjähriger Arbeit erschienenen Brutvogelatlas. Es erschien ihm unnötig, die Zeitung aus der Hand zu legen, nachdem Dieberg ihn beim Lesen erwischt hatte.

Dieberg, der in einer Gegend wohnte, wo die Morgenpresse erst gegen Mittag ausgetragen wurde, nahm denn auch keine kritische Notiz. Er ließ sich auf Lachmuths Stuhl nieder und erkundigte sich sorgenvoll: »Was Neues?« Das bezog sich offenbar auf die Zeitung, die nicht einmal das Zentralorgan war.

Timm schüttelte den Kopf und blies in seinen Kaffee, weil der Löffel irgendwo im Schränkchen hinter ihm verkramt lag. »Der Gewerkschaftsboss will anscheinend nicht zurücktreten«, sagte er und beobachtete, wie Dieberg wohl auf diese Respektlosigkeit reagieren würde.

Der blieb erstaunlich gelassen. »Der mit der Hirnmelfahrtsnase?« Seine grämliche Miene erhellte sich sogar für einen Augenblick. »Hast du den schon gehört: Wenn wir kein' Mittag mehr haben, brauchen wir auch keinen Tisch?«

Irgendwie war Dieberg etwas außer der Reihe. Dass er am frühen Morgen das Zimmer eines Untergebenen betrat, um Witze zu erzählen, war jedenfalls neu.

»Möchtest du auch einen Kaffee? Das Wasser kocht gleich.«

»Warum nicht«, sagte Dieberg, der sonst erst gegen zehn seinen Tee trank.

Es gelang Timm nicht, herauszufinden, was er eigentlich von ihm wollte. »Geht es um diesen Seibold?«, erkundigte er sich vorsichtshalber.

»Den Maler? Das wirst du schon erledigen. Oder gibt's was Auffälliges?«

Als der Kaffee vor ihm stand, blickte er trübsinnig vor sich hin. Der Maler schien ihn doch noch zu beschäftigen. »Die Künstler haben eine Demonstration beantragt, hast du gelesen?«

Timm nickte.

»Wie viele waren es dann gestern in Leipzig? Was steht denn in der Zeitung?«

»Zweihunderttausend.« Timm brauchte nicht nachzugucken. Die erstaunliche Zahl hatte er sich gemerkt.

»Wer weiß, wie viele es wirklich waren, wenn wir schon so viel zugeben.«

Das waren ganz ungewohnte Töne von Dieberg, der selten über politische Dinge sprach, und wenn, dann nur, um die ohnehin klare ideologische Linie zu bekräftigen.

»Wenn das erst solche Ausmaße annimmt«, fuhr er nachdenklich fort, »da werden noch ganz andere dran glauben müssen als dieser Gewerkschaftsmensch. Du wirst sehen …«

»Du meinst – auch bei uns?« Timm wollte es wirklich kaum glauben. Ausgerechnet Dieberg, der Fels in der Brandung der wechselnden Gezeiten, zeigte Erosionserscheinungen.

Jetzt lachte er freudlos. »Bis sich bei den Organen was ändert, mein Lieber …« Sein trauriges Gesicht wurde noch eine Spur grämlicher. »Arbeit werden wir kriegen, das prophezeie ich dir!«

Diebergs Worte klangen ihm noch im Ohr, als er die Prenzlauer Allee hinauffuhr, mit der Straßenbahn übrigens. Er hatte es nicht eilig. Wenn das Wetter ein bisschen freundlicher gewesen wäre, hätte er sich sogar zu Fuß aufgemacht.

Das Haus lag nur ein paar Schritte von der Prenzlauer entfernt. Als Timm an der Kneipe im Haus vorbeiging, aus der es so anheimelnd roch, verspürte er plötzlich Lust, sich ein großes Bier zu genehmigen und vielleicht einen mittelgroßen Korn dazu, und möglicherweise einen zweiten, wie es einem Mann zukam, der sich so beschissen fühlte wie er gegenwärtig. Doch er überwand den aufsteigenden Durst. Er war darauf trainiert, auf fast alles zu verzichten, worauf ein Mensch Lust verspüren kann. Nur hatte er sich selten so erbärmlich dabei gefühlt wie jetzt.

Gunhild Steglich wohnte im Seitenflügel; seinen Erfahrungen entsprechend im vierten Stock. Ohne Hoffnung, die Kunststudentin zu vormittäglicher Stunde anzutreffen, stieg er die Treppen hinauf. Wahrscheinlich hatte sie ja um diese Zeit an der Uni zu tun.

Sie war aber doch zu Hause. Nachdem er der altmodischen Drehklingel ein misstönendes Rasseln entlockt hatte, öffnete sich fast augenblicklich die Wohnungstür. In dem dunklen Flur sah er nicht viel mehr von ihr als die großen Zähne in ihrem Mund, den sie wohl zu einem breiten Lächeln verzogen hatte. Die Aufforderung einzutreten klang freundlich.

Von dem winzigen Korridor, zur Hälfte von einem hohen Schrank ausgefüllt, gingen nur zwei Türen ab. Stube und Küche hatte das früher geheißen, Toilette eine halbe Treppe tiefer. Durch zwei unterschiedliche Milchglasscheiben in der Küchentür fiel fahles Licht auf Gunhild Steglich.

»Hängen Sie Ihren Mantel hier auf.« Sie griff mit ihrer warmen Hand nach ihm. Timm nestelte sich aus seinem Trenchcoat, während sie die Zimmertür öffnete und voranging. »Setzen Sie sich irgendwo.«

Timm trat ins Zimmer und war ein bisschen schockiert. Unter einem sackartigen weißen Rollkragenpullover, der etwas von ihrem Busen ahnen ließ und ihr exakt bis zum Schritt reichte, trug sie lediglich eine dunkle Strumpfhose, in der ihre stämmigen Beine etwas graziler wirkten. Timm wagte erst nach einer ganzen Weile genauer hinzugucken.

Frau oder Fräulein Steglich, was zutraf, hatte er noch nicht herausgefunden und hielt sich deshalb an die amtlich empfohlene Anrede *Frau*, gab sich ganz ungezwungen. »Sie trinken sicher einen Tee mit mir«, sagte sie. Ihm schien, dass es irgendwie hoffnungsvoll klang.

»Gerne«, antwortete er. Allmählich wurde es ihm zur lieben Gewohnheit, mit Damen aus Seibolds Umfeld vormittags Tee zu trinken.

Timm ließ sich in einem Korbsessel ehrwürdigen Alters nieder, der auf jede seiner Bewegungen mit einem unberechenbaren Knarren reagierte. Notgedrungen also saß er ganz still und sah sich um, während *die* Steglich, so würde sie in seinem Bericht heißen, falls er einen verfassen sollte, lange in der Küche herumwirtschaftete. Der große Raum war weiß getüncht wie Lola Belickes Galerie. Zeichnungen, Farbdrucke und ein paar Fotos schmückten kunterbunt die Wände und die selbst gefertigten Regale. Vor dem einzigen Fenster stand ein mit Büchern und Papier überladener Schreibtisch, in der dunklen Ecke neben dem Ofen eine Liege mit flüchtig aufgeschütteltem Bettzeug. Ein Ölradiator verbreitete wohlige Wärme.

Endlich kam sie mit der gläsernen Teekanne, zwei unterschiedlichen Teegläsern und einer Blechbüchse mit Kandiszucker. »Oder möchten Sie lieber ein Glas Rotwein?«, fragte sie und goss schon ein.

Timm hob abwehrend die Hände. »Ich bin im Dienst.«

»Ach ja«, sagte sie heiter. Wenn sie lächelte, sah sie wirklich ganz annehmbar aus. Und warum sollte eine Frau nicht einen großen Mund haben …

Timm ertappte sich dabei, dass er ihre Lippen begutachtete, statt darauf zu hören, was sie sagte.

Sie ging hinaus und kehrte mit ihrem Personalausweis in der Hand zurück. »Deshalb sind Sie doch gekommen«, sagte sie munter und legte das blaue Dokument vor ihm auf die fleckige Tischplatte. Sie nahm ihren Tee und hockte sich im Schneidersitz auf eine Kiste mit zwei Sitzpolstern. Sie machte sich nicht die Mühe, den Pullover etwas in die Länge zu ziehen.

»Nicht nur«, sagte Timm und fühlte sich gezwungen, ausschließlich in ihr Gesicht zu blicken.

Sie hielt das Glas in beiden Händen und lauschte dem Knacken der zerspringenden Zuckerkristalle. »Sondern?« Ihre Stimme hatte einen dunkleren Klang als am letzten Donnerstag in Seibolds Garten.

»Ich würde mir gerne die Aufnahmen anhören von ihren Gesprächen mit Seibold.«

Sie blickte zum Schreibtisch, auf dem ein paar Kassetten herumlagen. »Was versprechen Sie sich davon?«

Timm zuckte die Achseln. »Ich möchte mir ein Bild von ihm machen. Seine Stimme hören. Man kann daraus vielleicht Schlüsse auf seine Stimmung ziehen. Sie sagten doch, dass Sie am Montag vor seinem Tod das letzte Gespräch mit ihm geführt haben.«

Sie schlürfte nachdenklich ihren Tee. »Muss ich Ihnen die Kassetten aushändigen? Ich meine, das ist – abgesehen von der wissenschaftlichen Bedeutung – eine Privatangelegenheit zwischen Seibold und mir. Da müssten Sie doch eine Beschlagnahmebescheinigung haben oder etwas Ähnliches. Vom Staatsanwalt, würde ich denken. Und dann kann ich meine Dissertation in den Rauch schreiben, denn wer weiß, ob ich das Material jemals wiederbekomme.«

»So eng sollten Sie das nicht sehen.« Timm öffnete seinen Kragen und lockerte den Schlips etwas. Er hatte sich zu nahe an den Radiator gesetzt, und dazu der heiße Tee. »Von einer Beschlagnahme kann gar keine Rede sein. Ich möchte einfach nur mal reinhören, mehr nicht.« Beinahe hätte er gesagt: meinetwegen gleich hier bei Ihnen; aber das schien ihm denn doch ein zu undienstliches Ansinnen. Sie hatte sicherlich etwas anderes zu tun. Vielleicht das Zimmer aufzuräumen. Oder sah es hier immer so aus?

Sie zögerte. »Ich weiß nicht ... Wir haben manchmal stundenlang geredet. Es würde Sie Tage kosten, das alles abzuhören. Manches habe ich auch nur mitgeschrieben.«

»Sie haben doch bestimmt so etwas wie eine Inhaltsübersicht für die Bänder angefertigt«, vermutete Timm.

Sie lachte und erhob sich flink aus ihrem Schneidersitz. Ein Weilchen wühlte sie auf dem Schreibtisch herum, und Timm entging nicht, dass sie dabei eine Kassette unter einen Papierstapel schob.

»Wenn Sie das lesen können?« Sie reichte ihm ein Blatt und stand dabei so nahe neben Timm, dass er den Geruch des Weichspülers in ihrem Pullover wahrnahm. Er guckte auf das Papier. Eine weit auseinandergezogene, kaum leserliche Frauenhandschrift. »Wir haben im Präsidium einen Schriftsachverständigen«, sagte er und lockerte seinen Schlips noch etwas.

Sie nahm ihm das Blatt aus der Hand. »Ziehen Sie ruhig Ihre Jacke aus, wenn Ihnen warm ist. Ich friere nicht gerne.«

Timm lehnte ab. Wenn sie sich in ihrer spärlichen Aufmachung wohlfühlte, musste er zwar nicht unbedingt wie zu einer Beerdigung gekleidet sein, aber das Jackett in ihrem Schlafzimmer abzulegen, hielt er denn doch für unpassend.

Sie goss ihm Tee ein und musterte ihn von der Seite.

»Vermutlich tragen Sie eine Pistole bei sich, die ich nicht sehen darf«, sagte sie.

Timm griente und schlug sein Jackett weit auseinander. Seine Makarow lag fast immer in Diebergs Panzerschrank. »Unsere Klienten neigen nicht zu tätlichem Widerstand.«

»So wie Seibold …«, sagte sie gedankenverloren. »Ich verstehe sowieso nicht, weshalb Sie sich derart intensiv für den Tod eines kranken Menschen interessieren.«

»Woran litt er denn?«, erkundigte sich Timm naiv.

Ihr fiel das nicht auf. »Er lebte praktisch von Alkohol und Zigaretten. Hat Ihnen das noch niemand gesagt?«

»Und woher bekam er den Alkohol?«

Sie hob ihre runden Schultern und hockte sich wieder auf ihren Platz. Timm sah, dass sie einen weißen Slip unter der Strumpfhose trug.

»Haben Sie ihm gelegentlich ein Fläschchen mitgebracht?«, fragte er strenger als beabsichtigt.

Der Vorwurf schien sie nicht zu treffen. »Am Anfang gelegentlich. Als ich noch nicht wusste, wie es um ihn stand. Er machte öfter mal eine Andeutung, dass man mit trockener Kehle schlecht reden könne. Also kaufte ich eine Flasche Wodka. Er drängte mir das Geld dafür auf und bestellte quasi eine neue Flasche. Das habe ich dann bald abgelehnt.«

»Sie glauben also, dass sein Tod auf ständigen Alkoholmissbrauch zurückzuführen ist.«

»Worauf sonst? Sagt denn Ihr Obduktionsergebnis etwas anderes?«

Die Fragen von Zeugen zu überhören gehörte zum

Kriminalisteneinmaleins. »Was meinten Sie damit, als Sie mir neulich zuriefen, Sie hätten nicht geglaubt, dass Seibold tatsächlich den Mut *dazu* aufbringt? Wozu?«

Sie wandte sich ärgerlich ab. »Das war nur so eine Bemerkung von ihm, weiter nichts. Er sagte, dass er die Quälerei satthabe oder so ähnlich. Wahrscheinlich ging es ihm manchmal wirklich nicht gut. Und nach Dalís Tod war er in ausgesprochen schlechter Verfassung.«

»Dalí Tod?« Timm runzelte die Stirn.

»Salvador Dalí«, sagte sie beinahe mitleidig. »Ein berühmter Maler. Er ist am dreiundzwanzigsten Januar gestorben.«

Timm entsann sich dunkel, dass Anfang des Jahres im Fernsehen der Tod eines spanischen Malers, der ziemlich verrückte Bilder fabriziert hatte, gemeldet worden war. Außerdem hatte man einen Filmausschnitt gezeigt, in dem jemand einen Konzertflügel zog, an dem tote Pferde angebunden waren. Scheußlich, soweit Timm sich erinnerte.

»Und dieser Dalí war Seibolds Vorbild?«

Sie schüttelte den Kopf. »Seibold hätte niemals zugegeben, wie stark ihn Dalís grandiose Malerei beeindruckte. Dalí war für ihn so etwas wie die Inkarnation eines Feindbildes. Sein Leben lang hat Seibold gegen diese surrealistische Art von Weltbetrachtung Stellung bezogen. Und dann meldete ausgerechnet das NEUE DEUTSCHLAND den Tod eines Klassikers der modernen Kunst. Sie können vermutlich nicht nachfühlen, wie tief Seibold eine solche Einschätzung verletzen musste.«

Das konnte Timm tatsächlich nicht. »Und dieser – Ludwig Andreas Vogelsang, wie war das mit dem und Seibold?«

»Sie kennen Vogelsang?«, sagte sie lebhaft, und Timm spürte, dass er ein wenig in ihrer Achtung stieg. »Die beiden müssen sich aus Vogelsangs Frühzeit kennen. Seibolds Urteil über Vogelsangs Werk war vermutlich noch schärfer als das über Dalí. Bis Vogelsang bei ihm im Atelier auftauchte. Da schienen sie sich erstaunlich gut zu verstehen.«

»Wann war das?«

»Das erste Mal irgendwann im Sommer. Wir saßen draußen im Garten.«

»Sie waren dabei? Gibt es davon auch eine Bandaufnahme?«

Unter ihrem struppigen Kurzhaarschnitt erschien eine steile Falte auf ihrer Stirn. »Nein«, sagte sie. »Darüber habe ich mich später sehr geärgert. Vogelsang hat schließlich einige Bedeutung für die moderne Malerei.«

»Mehr als Seibold ...«, vermutete Timm. Sie nahm es als eine Feststellung, der nicht zu widersprechen war.

»Und dann war Vogelsang noch ein zweites Mal bei Seibold?«

»Ja. Das liegt erst gut eine Woche zurück.«

»Unmittelbar vor Ihrem letzten Gespräch mit Seibold also?«

»Vermutlich an dem vorangegangenen Wochenende. Seibold erwähnte es nur beiläufig, weil Vogelsang ihm einen guten Schnaps mitgebracht hatte. Viel mehr beschäftigte ihn ja der Besuch seines Sohns.«

Das Mädchen war eine echte Fundgrube. »Das müssen Sie mir mal genauer erzählen!«, sagte Timm aufgekratzt. »Wann war der bei ihm?«

»Ich weiß nicht. Auch irgendwann in den letzten vierzehn Tagen. Seibold war ziemlich mitgenommen. Die beiden hatten sich angeblich noch nie gesehen. Er vermutete übrigens, dass Vogelsang dahintersteckte, dass der Junge überhaupt aus München angereist war.«

»Seibold hatte seinen Sohn noch nie gesehen?«

»Lieber Herr Timm, weshalb fragen Sie nicht jemanden, der das alles ein bisschen genauer weiß als ich. Das ist irgendeine undurchsichtige Geschichte mit einer Frau, die sowohl Vogelsang wie Seibold näher kannten und die vor fünfunddreißig Jahren nach München ging und ein Kind bekam – wie es scheint, von Seibold. Der hat angeblich nichts davon geahnt. Nun war er einerseits ganz glücklich – andererseits sehr deprimiert. Das hat sich auf seinen Allgemeinzustand sicherlich nicht gut ausgewirkt.«

»Findet sich diese Bemerkung, er habe die Quälerei satt, auf einer Ihrer Kassetten?«

»Das weiß ich wirklich nicht.« Sie stand auf und ging zum Schreibtisch. »Darüber geben auch meine Notizen keine Auskunft. Ich habe nur die für meine Arbeit relevanten Teile konspektiert.«

Weshalb drückt sie sich plötzlich so geschwollen aus, dachte Timm, und er sagte: »Dann werde ich nicht umhinkommen, *alle* Kassetten abzuhören.«

Ihr war anzumerken, dass ihr das nicht passte. »Sie haben eine ganz falsche Vorstellung davon, wie diese Gespräche abliefen. Er war manchmal nicht in der Stimmung zu reden. Am besten ging es noch, wenn er dabei gearbeitet hat.«

»Hat er Sie gemalt?«

»Gezeichnet. Ein paarmal auch zu modellieren versucht. Aber das war noch weniger sein Metier.«

Jetzt wusste er also, wen der Gips auf dem Holzstativ in Seibolds Atelier darstellen sollte.

Gunhild Steglich wies auf eine Zeichnung an der Wand, die Timm schon vorher aufgefallen war. Eine vollbusige Frau zog sich darauf das Hemd über den Kopf. »Das ist ihm noch am besten gelungen«, sagte sie.

»Aha«, sagte Timm, wagte jedoch nicht aufzustehen, um Seibolds Werk näher in Augenschein zu nehmen.

Sie hingegen hatte ihre Unbefangenheit wiedergefunden. »Irgendwo habe ich eine ganze Mappe. Er hat mir die meisten Blätter geschenkt.« Sie wandte Timm den Rücken zu und wühlte in einem Stoß Papier auf dem Fußboden.

Timm schluckte. Der weiße Slip unter ihrer Strumpfhose war winzig, und ihre strammen Schenkel hatten aus dieser Perspektive etwas sehr Beunruhigendes für ihn.

»Hier sind sie ja.« Sie trat vor ihn und reichte ihm die aufgeschlagene Mappe.

Er blätterte und wusste nicht, wie lange er die einzelnen Zeichnungen betrachten sollte, die im Grunde immer das gleiche Motiv variierten: den Oberkörper einer Frau mit vollen, spitz auseinanderragenden Brüsten, von vorn und im Profil und in verschieden geneigten Posen. Kopf und Gesicht waren selten völlig ausgeführt und glichen nur wenig der Frau, die so dicht vor ihm stand, dass er mehr als den Geruch ihres Pullovers spürte.

»Ich eigne mich nur als sitzendes Modell«, sagte sie. »Meine Beine sind zu kurz.«

Über den Rand der Mappe hinweg sah er ihre kräftigen Schenkel in ihrer ganzen Länge direkt vor sich. Er war bemüht, sich auf die Zeichnungen zu konzentrieren, doch die steigerten seine Unsicherheit eher. *So* hatte er sich ihre Interviews mit dem todkranken Seibold tatsächlich nicht vorgestellt.

Brav blätterte er bis zum letzten Blatt, das eine Rückenansicht bis zum Schenkelansatz darstellte. Rechts unten trug die Zeichnung eine Widmung: Für Gunhild in Dankbarkeit – R. A. Seibold 12. X. 89.

»Sehr gut«, sagte er und reichte ihr die Mappe. Der Korbstuhl ächzte. Unter ihrem Blick fühlte Timm sich verpflichtet, dieses Urteil abzugeben.

»Ziemlich bescheiden«, sagte sie abfällig. »Er war im Grunde ein Stümper, und er wusste es auch. Jetzt kann man das aussprechen.« Sie warf die Mappe unachtsam auf den Papierstoß zurück.

»Jetzt, wo er tot ist«, vergewisserte sich Timm.

»Jetzt, wo die Zeiten sich ändern!«, widersprach sie. »So wie Seibold kann beinahe jeder malen. Versuchen

Sie's mal.« Plötzlich lagen ein Block und ein Stift auf dem Tisch, und ehe Timm noch zu erkennen vermochte, worauf das hinauslaufen sollte, hatte sie schon ihren Pullover über den Kopf gestreift und stand mit ihren spitzen Brüsten so dicht vor ihm, dass ihm die aufgerichteten Nippel in den übergroßen dunklen Höfen fast ins Gesicht stachen.

»Na?«, sagte sie auffordernd.

Timm konnte nicht anders: Er hob langsam die Hände, bis er die warme, glatte Haut berührte. Seine Daumen liebkosten ihre Brustwarzen, die hart waren wie Kastanienknospen. Ihr Mund war ebenso weich wie groß, und Timm fragte sich nur für einen Moment, wohin das führen sollte, und in einem zweiten, weshalb er diese Frau jemals für unansehnlich gehalten hatte. Dann hatte er ihr schon Slip und Strumpfhose halb heruntergestreift und sich in ihren Untiefen verloren. Er dachte an gar nichts mehr, als er endlich in diesen festen, glatten Körper eindrang.

»Ich wusste ja, dass du dein Jackett doch noch ausziehst«, sagte sie viel später, als er ermattet unter ihr auf dem Bett lag. Ihre vollen Lippen streiften über seine Haut. »*Du* bist ein schöner Mann.«

Wie im Kino, dachte er. Das darf es nur im Film geben. Aber seine Hand auf der Wölbung ihrer Hinterbacke signalisierte ihm, dass es sich um das blanke, pralle Leben handelte.

Er schob sie behutsam zur Seite und richtete sich auf. Anzublicken wagte er sie nicht.

»Wohin willst du?«, fragte sie mit tiefer Stimme.

»Es ist wohl besser, ich gehe jetzt«, murmelte er und fischte nach seiner Hose.

Sie setzte sich ebenfalls auf und presste ihre Brüste gegen seine Rippen. »Das glaube ich nicht. Ein bisschen werden die Genossen noch auf dich warten müssen.«

Sie behielt recht. Timm verstand sich selber nicht mehr. Jedenfalls ging es auf halb vier, als er das nächste Mal auf seine Armbanduhr guckte. Entsetzt sprang er auf und suchte seine Kleidungsstücke zusammen.

»Ich hoffe, dein Dienst ist nicht jeden Tag so anstrengend«, sagte sie. Er stöhnte nur.

Wie konnte es so weit kommen mit mir, dachte er, und dann, in einem Anfall von Trotz: Heike ist schuld!

Gunhild erhob sich. »*Du* kannst dich in der Küche waschen. Ich setze ein bisschen warmes Wasser auf.«

»Danke. Ich muss los. Gibst du mir bitte die Kassetten?« Sie lachte laut. »Kriminalisten im Einsatz! Was willst du denn mit diesen dummen Bändern?«

Es fiel ihm schwer, ihren Humor zu teilen, aber die Situation ganz ernst zu nehmen, machte sie wohl nicht besser. »Ich muss beweisen, warum ich den ganzen Tag unterwegs war«, sagte er mit unglücklicher Miene. »Und ich will mir mindestens die Passage anhören, wo er über seinen Sohn spricht. Das könnte wegen irgendwelcher Erbstreitigkeiten wichtig werden.«

Ihr Bademantel hing am Haken hinter der Tür und war ihr wenigstens vier Nummern zu groß. Sie schlang den Gürtel fest und fragte: »Erwähnt er den Sohn in seinem Testament?«

»Bis jetzt hat sich keins angefunden. Angeblich wollte er etwas daran ändern. Hat er dir gegenüber Andeutungen gemacht, wo es sein könnte?

Sie schüttelte den Kopf. »Ich muss erst mal raus.« Und war verschwunden.

Timm, inzwischen vollständig bekleidet, mit Schlips und Jackett, stand einen Augenblick unschlüssig, dann trat er an den Schreibtisch und nahm eine Kassette. *R. A. Seibold 8* stand in ihrer auseinanderklaffenden Schrift darauf und dazu zwei Daten im September. Insgesamt suchte er elf Kassetten mit ähnlicher Beschriftung in dem Wust von Papier und Büchern zusammen. Eine der Schachteln war leer.

Leise öffnete er die Zimmertür. Von Gunhild war nichts zu hören. Er zog seinen Mantel an und suchte aus der Innentasche eine Plastetüte hervor, in die er die Kassetten steckte.

Er war schon wieder an der Tür, als ihm die Kassette einfiel, die sie unter den Papieren versteckt hatte. Er fand sie sofort. Sie war nicht beschriftet. Dennoch steckte er sie in die Tasche.

Auf dem Tisch lag noch immer ihr Ausweis. Er schlug ihn auf. Ein kindliches Mädchengesicht guckte ihn an. Steglich geb. Schumacher *Gunhild* Charlotta. Familienstand verheiratet.

Auch das noch! Aber sich zu entsetzen, dazu war es jetzt zu spät. Er raffte die Tüte mit den Kassetten und stürzte los. Sie kam gerade von der Toilette zurück.

Du bist schon fertig?«, fragte sie erstaunt.

Er drängte sich an ihr vorbei und wusste nicht recht,

wie er sich verhalten sollte. Also gab er ihr einen Kuss auf die Stirn und sagte: »Ich melde mich, sobald ich die Bänder ausgewertet habe.«

Auf dem Treppenabsatz vor der Toilettentür erreichte ihn ihre spöttische Stimme: »Wollen Sie mir nicht wenigstens Ihren Vornamen sagen, Herr Oberleutnant?«

11

Als er erwachte, wusste er sofort, dass etwas nicht stimmte. Im Halbdunkel tastete er nach dem Wecker und fand ihn nicht. War das nur eine Fortsetzung seines Traums? Er hatte auf Großmutters Heuboden geschlafen, dort, wo er zum ersten Mal mit einem Mädchen im Heu gelegen hatte, direkt unter der Öffnung für den Aufzug, die den ganzen Sommer über offen blieb. Alle seine Kleidungsstücke lagen unten neben der Jauchepumpe, und niemand hörte sein heiseres Rufen. Nackt ging er die Stiege hinunter und über den Hof. Reihenweise standen dort Frauen und starrten ihn an. Es war ein fremder Hof, ein Berliner Hinterhof, und an der Jauchepumpe erwartete ihn Pokorny, gesichtslos zwar, doch in Gestalt und Haltung unverkennbar der rumänische Potentat.

Timm warf die Decke zur Seite und fand sich zu seiner Verblüffung im eigenen Schlafzimmer. Ja, er lag in seinem Bett, und neben ihm musste Heike geschlafen haben. Er schob seine Hand hinüber. Das Laken war noch warm.

Sein Kopf war dumpf. Kein Wunder. Er hatte gestern Abend getrunken, vielmehr zu trinken versucht. Vorsätzlich und kalten Herzens. Der Appetit vom Vormittag hatte sich nicht wieder eingestellt. Das Bier schmeckte schal und dünn, und der Korn war lauwarm und roch nach billigem Sprit. Er dachte an Seibold und verlor vollends die Lust, sich zu besaufen. Nach der zweiten Runde hatte er aufgegeben und sich sehr betrunken gefühlt, bis ihm einfiel, dass er an diesem denkwürdigen Tag außer einer Tasse Kaffee und zwei Gläsern Tee nichts zu sich genommen hatte. Und mit dem Gedanken an den Tee war ihm sein ganzes Elend bewusst geworden, weshalb er beschlossen hatte, erst nach Hause zurückzukehren, wenn Heike längst schlief. Einen Augenblick hatte er sogar erwogen, besser gleich in die Christburger Straße zu fahren. Allein die Vorstellung, dass möglicherweise Gunhilds Ehemann …

Er stand auf und fühlte sich eigentlich ganz gut, bis er die Vorhänge aufzog und erschrak. Die milchige Sonne schimmerte in einer Höhe durch die Wolken, die ihn das Schlimmste befürchten ließ. Er stürmte durch das Wohnzimmer, vergaß, dass dort eine Uhr hing, und fand den Wecker auf dem Bord im Bad. Seine Digitaluhr lag daneben. Beide zeigten die gleiche Zeit: 9.07 Uhr.

Mein Gott, was für ein Tag! So etwas war ihm noch nie passiert. Weshalb hatte Heike ihn nicht geweckt? Weshalb hatte er nicht gehört, wie sie aufgestanden war. Und Steve, weshalb war der nicht hereingekommen.

Er öffnete die Tür zum Kinderzimmer. Leer und aufgeräumt, das Bettzeug ordentlich aufgeschüttelt. Also hatte es Heike nicht einmal besonders eilig gehabt. Er ging ins Bad zurück, putzte sich die Zähne und wusch sich, bedächtiger und gewissenhafter als sonst, obwohl er ja am Abend gebadet hatte. Oder war auch das nur in seinem Traum vorgekommen?

Er stieg in die Wanne und drehte die kalte Dusche auf. Irgendwie musste er sich wieder in die Reihe bringen. Natürlich hatte er gestern Abend gebadet und sich auch noch rasiert, wie er fühlen konnte, und er hatte das alles langsam und ausgiebig tun wollen, denn als er nach Haus gekommen war, hatte im Wohnzimmer noch Licht gebrannt. Nur einen Augenblick hatte er gelauscht, bis er sicher war, dass die fremde Stimme aus dem Fernseher drang.

Als er dann in der Wanne saß, kam Heike herein, in ihrem gesteppten Morgenmantel, einen Schoppen Rotwein in der Hand. 'n Abend, hatte er gebrummt und nicht gewagt, ihr ins Gesicht zu blicken.

Sie setzte sich auf die Klobrille und starrte ihn unverwandt an. »Sie sehen meinem ehemaligen Verlobten verdammt ähnlich!«

An ihrer Aussprache merkte er, dass es sich nicht um den ersten Schoppen handelte. »Hattest du eine schlimme Leiche«, fragte sie, und etwas wie Mitgefühl schwang in ihrer Stimme.

»Es geht«, sagte er gepresst, und zog es vor, unterzutauchen. Unter Wasser zählte er bis fünfzig und versuchte dabei, nicht an einen gewissen glatten Körper zu denken. Prustend tauchte er auf. Sie war weg.

Erleichtert hatte er sich rasiert und mit Körperlotion eingerieben – da stand sie wieder in der Tür, mit zwei Gläsern in der Hand diesmal. »Trinkst du noch ein Glas mit mir?« Ihr Morgenmantel klaffte auseinander, und in ihren Augen war so viel Weiß, dass es beinahe unanständig aussah. Wie um allem die Krone aufzusetzen, sagte sie etwas Schreckliches: »Eigentlich bist du ein schöner Mann …«

So heftig hatten sie sich seit Jahren nicht geliebt, und im Einschlafen hatte sie ihm zugeraunt: »Das bisschen Enthaltsamkeit hat dir sehr gut getan …«

Das kalte Bad tat ihm gut. Jetzt war sowieso alles einerlei. Er würde gemütlich frühstücken und erst dann Dieberg anrufen und sich entschuldigen. Oder besser vorher? Ein Kranker meldet sich nicht erst um zehn. So viel Frechheit brachte nicht mal Lachmuth auf, und der schob öfter mal ein paar Tage Gastritis ein.

Wenn es ihm gelang, bei Dieberg wenigstens einen freien Vormittag herauszuschinden, konnte er zu Gunhild Steglich fahren, um ihr die ersten drei Kassetten zurückzubringen. Weiter nichts. So viel war sicher. Nur wenn es die Situation ergab, würde er mit ihr über das Vorgefallene sprechen oder besser: darüber reden, dass Schweigen wohl für beide Seiten angebracht war.

Bei LEBEN & TOD war am Vortag glücklicherweise niemandem aufgefallen, wie lange er sich außer Haus aufgehalten hatte. Dieberg war zu einer Stabsberatung abberufen worden und schaute erst nach Feierabend zu ihm herein, als er mitten im Abhören der zweiten Kassette war. Die geheimnisvolle erste hatte sich als Flop erwiesen: der Mitschnitt einer Literatursendung des RIAS. Deshalb also hatte sie die Kassette versteckt; als ginge es ihn etwas an, welche Sender sie bevorzugte.

Dieberg hatte einen Augenblick zugehört und war einverstanden gewesen, dass Timm weitermachte, weil diese Kunststudentin die Bänder für ihre Arbeit dringend benötigte.

Seibold war ein erstaunlich interessanter, wenn auch mitunter etwas weitschweifiger Erzähler, der sich vor Gunhild ganz offensichtlich ein bisschen spreizte, sobald es um seine früheren Beziehungen zu irgendwelchen Berühmtheiten ging. Ab und zu flocht er einen faulen Witz oder eine anzügliche Bemerkung ein, die sich häufig auf Gunhilds jeweilige Körperhaltung bezog. Timm besaß Fantasie genug, sich die Situation auszumalen. Irgendeinen Hinweis auf familiäre Bezugspersonen oder auf Seibolds Lebensüberdruss fand er nicht. Seibold sprach ausdrucksvoll und klar. Wahrscheinlich waren die Aufzeichnungen vom Oktober die entscheidenden, aber er wollte systematisch vorgehen.

Timm setzte den Teekessel auf und ging ins Wohnzimmer, um zu telefonieren. Es dauerte einige Zeit, bis Dieberg sich mit seiner Nummer meldete.

»Timm hier …«, sagte Timm und versuchte, seiner Stimme einen leidenden Ton zu geben. Er klang viel zu frisch, fand er.

»Schön, dass du dich meldest.« Aus Diebergs Tonfall war kein Vorwurf herauszuhören. »Wo steckst du denn?«

»Ich bin noch zu Hause. Es ist nämlich …«

Dieberg ließ ihn nicht ausreden. »Das passt ganz gut. Du kannst gleich mal rübergucken zu deinem Maler. Die Witwe hat eben angerufen. Im Atelier ist eingebrochen worden.«

»Eingebrochen? Aber das ist doch nicht unser Bier …«

»Red nicht, und sieh es dir erst mal an. Ende.«

Also fuhr er statt in die Christburger Straße zu Seibolds Haus. Wenigstens gefrühstückt hatte er noch. Auf eine Viertelstunde kam es nicht an.

Frau Loebe empfing ihn am Gartentor. »Lola wartet schon sehnsüchtig. Sie muss doch ihren Laden aufmachen!«, raunte sie ihm zu. »Fragen Sie mal nach dem Testament.«

Lola Belicke machte nicht den Eindruck, als hätte sie es eilig. Sie sah auch heute in ihrer dezenten Trauer blendend aus. Timm staunte über sich selber. Es machte ihm Freude, sie anzugucken, und es war ganz leicht, ihr zuzulächeln.

»Ich weiß, dass Sie gar nicht zuständig sind«, sagte sie entschuldigend. »Es erschien mir nur am einfachsten, bei Ihnen anzurufen. Wir kennen uns schließlich schon ein bisschen, und möglicherweise nehmen Ihre lang andauernden Ermittlungen Sie nicht zu sehr in Anspruch …«

Timm überhörte die Spitze. »Ich möchte mir den Schaden gerne mal angucken.«

Das Siegel an der Ateliertür war unverletzt. Jemand hatte eins der Fenster links davon in Höhe des oberen Riegels aufgehebelt. Der untere war anscheinend gar nicht geschlossen gewesen. Timm beguckte den Betonboden vor dem Atelier. Hier nach Spuren zu suchen schien ziemlich aussichtslos. Er reckte sich, um die Stelle in Augenschein zu nehmen, wo der Eindringling sein Werkzeug angesetzt hatte. Entweder musste es eine Person gewesen sein, die größer war als er selber, also mindestens eins neunzig, oder derjenige war auf Seibolds mexikanischen Baumstamm geklettert, um den Riegel aufzusprengen – keine schwierige Arbeit übrigens, wie das Ergebnis bewies. Das weiche, anscheinend vor Jahren zum letzten Mal gefirnisste Holz war einfach ausgebrochen.

Unauffällig musterte er den blanken Baumstamm und glaubte, Sand darauf zu sehen. Er wollte Frau Belicke nicht auf Spuren hinweisen. Wenn an dem Einbruch ernsthaft was dran war, durfte Gräfe hier ein zweites Mal seine Künste erproben.

»Der untere Riegel klemmt schon seit Jahren«, sagte Frau Loebe, die ihnen neugierig gefolgt war. »Aber auf mich wollte ja nie einer hören. Manchmal hat's den ganzen Regen reingedrückt. Und die Fenster gehörten überhaupt mal gestrichen!«

Timm löste das Siegel und schloss auf. Die Luft im Atelier roch diesmal etwas besser als eine Woche zuvor, aber dafür war der letzte Rest von Ordnung dahin. Frau Loebe, dicht hinter Timm gedrängt, schlug die Hand vor den Mund. »Mein Gott!«, flüsterte sie.

Frau Belicke hingegen schritt mit geradezu majestätischer Gelassenheit durch das Chaos, das der Eindringling angerichtet hatte. »Fassen Sie bitte nichts an«, bat Timm. Eine höchst überflüssige Bemerkung, wie er selber fand. Der Einbrecher hatte den Inhalt sämtlicher Regale auf dem Boden verstreut, die Staffelei und das Stativ umgestürzt und gehaust wie ein Vandale in einem römischen Tempel. Weshalb? Eine solche Gewaltaktion verursachte Lärm; mehr Lärm, als jeder denkende Mensch bei einer Straftat vollführen würde. Oder war das alles nur eine Finte, ein wohlarrangiertes Durcheinander, das einen Betrachter auf den ersten Blick täuschte?

Eben nur auf den ersten Blick. Je genauer Timm sich umsah, umso sicherer war er sich: Das war ein fingierter Bruch. Echt war nur das aufgehebelte Fenster.

»Wer von Ihnen hat denn den Einbruch entdeckt?«

»Na ich!« Frau Loebe kam sich sehr wichtig vor. »Ich bin zum Kompost gegangen, und da sprang mir das offene Fenster förmlich in die Augen.«

Frau Loebe war anscheinend auserwählt, in diesem Haushalt alles Unangenehme zuerst zu bemerken. »Das Fenster könnte demnach schon einige Tage offen stehen«, vermutete Timm.

Lola Belicke hob die Schultern. »Ich war seit Sonntag nicht im Garten.«

»Jemand, der den Tagesablauf im Hause beobachtet, könnte hier sogar tagsüber eingedrungen sein.«

Lebhaft widersprach Frau Loebe: »Nein, nein, nein! Wer sollte denn so was machen? Und warum?« Sie sah ihre Chefin fragend an.

»Ja, warum …«, sagte die. »Ich verstehe das Ganze

nicht. Vielleicht waren es Kinder, die hier irgendwas gesucht haben. Jugendliche … Was weiß ich …«

Zum ersten Mal, seit Timm sie kannte, schien sie den Tränen nahe.

Frau Loebe schüttelte heftig den Kopf. »Gibt's hier in der Gegend solche Kinder? Immerhin – wenn jemand gewusst hat, dass Herr Seibold … Ich meine, dass sein Atelier nun leer steht …«

»Es sieht aus, als hätte jemand etwas Bestimmtes gesucht«, sagte Timm. Er warf einen Blick in den Nebenraum. Auch hier war alles durcheinandergeworfen, Seibolds Kleidungsstücke, Rasierzeug und Lebensmittel in buntem Gewirr, aber stellenweise eben so, als hätte man es übereinandergeschichtet.

»Was sollten die Einbrecher gesucht haben?«, fragte Frau Belicke. »Rudolf bewahrte hier keine Wertgegenstände auf. Alle wichtigen Dinge und Papiere sind drüben im Haus, von seinen Bildern einmal abgesehen …«

Auch die hatte man umgeworfen. Hinter Lola Belickes Rücken hob Frau Loebe beschwörend die Hand. Also fragte Timm: »Haben Sie denn das Testament gefunden?«

Ihr Gesicht verschloss sich. »Das hat Rudolf nicht im Atelier aufbewahrt. Außerdem wird es um die paar tausend Mark auf seinem Konto kaum Streit geben.«

Timm unterließ es, über seine andersgelagerten Erfahrungen bei Todesfällen zu referieren. Da waren Erben schon wegen der Kosten für den Beerdigungsredner miteinander ins Handgemenge geraten. »Immerhin: das Grundstück in guter Lage, das Haus und das Atelier«, gab er zu bedenken.

»Wir wohnen hier zur Miete«, sagte sie zu seiner Überraschung. »Streng genommen gehörte Rudolf nur das Atelier.«

Eine hübsche Mietwohnung für nunmehr eine Person. Timm blickte sich noch einmal in dem Durcheinander um. »Ob hier etwas fehlt, können Sie wohl schwer feststellen?«

Frau Loebe blickte ihn böse an. »Das könnte nicht mal Rudolf selber«, sagte sie patzig.

Er lächelte ihr beruhigend zu.

Lola Belicke sagte: »Ich weiß nicht einmal, was er in letzter Zeit gemalt hat. Da müssten Sie die kleine Studentin fragen, die ihre Dissertation über ihn schreibt.« Sie stutzte. »Sie ist gar nicht mehr aufgetaucht. Ob die überhaupt weiß …?«

»Ich habe mit ihr gesprochen.« Er konnte nicht verhindern, dass Röte an seinem Hals emporstieg. »Ich schicke meinen Kollegen wegen der Spuren vorbei«, sagte er eilig. »Danach können Sie die Räume wieder benutzen.«

»Und aufräumen. Na, das wird 'ne Arbeit!« Frau Loebe wandte sich fatalistisch dem Ausgang zu.

Vor dem Haus reichte Lola Belicke Timm die Hand. »Sie sind eigentlich ein netter junger Mann.«

Timm zuckte unwillkürlich. Immerhin hatte sie *nett* gesagt, nicht *schön.*

»Danke. Das bringt anscheinend der Beruf so mit

sich.« Er hielt ihre Hand noch immer und wunderte sich selber, wie locker er sich heute fühlte. »Ich hätte Sie gerne noch ein paar Minuten unter vier Augen gesprochen.«

12

Möbel wie in Lola Belickes Boudoir hatte Timm bis jetzt nur bei Schlossbesichtigungen gesehen; weiß lackierte Schränkchen, und Stühlchen, die Sitzflächen mit einem Strick gesichert, damit niemand sich draufsetzte. Lola Belicke jedoch forderte ihn dringlich zum Platznehmen auf und bot an, Tee zu bereiten. Diesmal lehnte er ab.

Sie setzte sich so, dass sie das große Dachfenster im Rücken hatte, unter dem ein zierlicher Sekretär stand. »Geht es Ihnen immer noch um dieses Testament?«, erkundigte sie sich.

»Auch«, sagte Timm, der nicht sofort mit der Tür ins Haus fallen wollte. »Es wäre sicherlich günstiger für Sie, wenn eins vorhanden wäre.«

Sie nahm es leicht. »Machen Sie sich darum keine Gedanken. Das wird sich schon klären.«

»Wenn kein Testament vorhanden ist, tritt die natürliche Erbfolge ein. Und falls keine leiblichen Verwandten da sind, wäre der Staat der Nutznießer.«

Sie sah ihn erstaunt an. »Meines Wissens lebt von Rudolfs Familie niemand mehr. Sagte ich Ihnen das nicht schon vorgestern? Seine Eltern sind gleich nach dem Krieg gestorben, und der Bruder …« Sie machte eine Pause. »Ich weiß gar nicht, ob der Kinder hatte. Kämen denn die als Erben in Frage?«

Timm nickte gemessen. »Es sei denn, Rudolf Seibold hinterlässt direkte Nachkommen …

»Wie meinen Sie das?«

»Es ist eine Frage. Hat er welche?«

Sie schüttelte den Kopf. »Da Sie so sehr darauf herumreiten, nehme ich an, Sie wissen mehr als ich.«

»Sein Sohn aus München soll ihn besucht haben.«

»Wer sagt das?«, fuhr sie auf. »Ich habe fast dreißig Jahre mit Rudolf zusammengelebt. Von einem Sohn war niemals die Rede. Was sollen diese Gerüchte? Andreas Vogelsang hat ihn besucht. Davon sprach Rudolf. Er war selbst überrascht, wie gut sie sich verstanden haben, nach allem, was damals vorgefallen sein mag. Und ich war ebenfalls erleichtert. Er hat Vogelsang sein Leben lang als Scharlatan bezeichnet, der sein Unvermögen zu malen durch Flucht in die Abstraktion kompensiere.«

»Wissen Sie etwas über die Hintergründe der Differenzen zwischen den beiden?«

Nachdenklich nagte sie an ihrer Unterlippe. »Ja«, sagte sie. »Aber ich habe nicht die geringste Lust, darüber zu sprechen. Ich habe geglaubt, sie wollten mir offiziell mitteilen, dass Ihre Untersuchungen endlich abgeschlossen sind. Ich muss noch heute alles wegen der Beisetzung in die Wege leiten.«

»Dann ist also der Tote freigegeben.« Weshalb hatte Dieberg ihm das nicht gesagt? Im Prinzip änderte es nichts an den weiteren Ermittlungen. Für die Laboruntersuchungen benötigten die Gerichtsmediziner den Leichnam nicht mehr.

Frau Belicke stieß ein hohes Lachen aus. »Nicht einmal das wissen Sie? Es scheinen ja berauschende Zustände in Ihrer Behörde zu herrschen! Wenn ich Ihnen einen Rat geben darf: Kümmern Sie sich etwas weniger um geheimnisvolle Westbesucher und stattdessen mehr um das, was hier im Land vorgeht!«

Demonstrativ stand sie auf. Auch Timm erhob sich.

»Eine Frage werden Sie mir noch gestatten, Frau Belicke. Sie betrifft ausschließlich Personen und Vorgänge in diesem Land.«

Er machte eine Kunstpause. »Weshalb haben Sie den Tod von Rudolf Seibold nicht sofort gemeldet, nachdem Sie ihn entdeckt hatten?«

Ihr Gesicht erlosch. »Ich vergaß: Ihre Frau, nicht wahr? Sie werden das sowieso nicht verstehen. Ich habe sofort versucht, Doktor Henning anzurufen. Da wusste ich noch nicht, dass der – nun ja: die Republik verlassen hat. Ich bin zurückgegangen ins Atelier, und da lag Rudolf in seinem Elend. Er muss sich sehr gequält haben. Er hatte auch erbrochen. Ich habe ihn gewaschen und versucht, ihn vernünftig hinzulegen. Das schaffte ich aber nicht. Da habe ich noch ein Weilchen bei ihm gesessen, und dann bin ich ganz mechanisch in die Galerie gefahren. Ich musste erst einmal zu mir kommen. Mehr nicht.«

»Danke«, sagte Timm knapp und wandte sich um. Sie hielt ihn am Ärmel fest. »Sie glauben, ich hätte das Testament gesucht und beiseitegebracht, nicht wahr? Aber ich habe erst viel später gemerkt, dass es nicht mehr in der Kassette ist, in der es sich seit mindestens drei oder vier Jahren befand. Ich kann mir das nicht erklären …«

»Wussten Sie, dass ein Duplikat davon existierte?«

»Ich denke die ganze Zeit darüber nach. Er hat damals so eine Andeutung fallen lassen. Aber ich kann mir nicht vorstellen, wem er es anvertraut haben sollte.«

»Er hat es sich von dieser Person zurückgeben lassen.« Timm kam sich wie ein Orakel vor. »Wahrscheinlich wollte er es verändern oder ergänzen.«

»Meine Tochter?« Lola schüttelte den Kopf. »Weshalb hat sie mir das nicht gesagt?«

»Nicht Ihre Tochter«, sagte Timm. »Halten Sie es für möglich, dass dieser merkwürdige Einbrecher das Testament im Atelier gesucht und vielleicht sogar gefunden hat?«

Sie machte ein ziemlich verzweifeltes Gesicht. »Weshalb das alles?«, fragte sie. »Er hat mich genug gequält, die letzten Jahre. Ich brauche sein Geld nicht. Ich habe ihn mal geliebt, verstehen Sie?« Jetzt weinte sie wirklich und suchte nach einem Taschentuch.

Timm verbeugte sich wortlos und ging zur Treppe.

»Sie sind noch jung«, sagte sie. »Ich hoffe, Sie müssen nie einen Menschen auf diese Weise verlieren.«

Das hoffte Timm allerdings auch.

Pokorny fuhr auf ihn los wie das Springteufelchen aus der Kiste, als er gerade vor Diebergs Tür anlangte. »Ist das mit diesem Maler endlich geklärt?«

Timm beruhigte ihn. »Im Prinzip ja. Die Leiche ist bereits freigegeben.«

Pokorny, der es besser wissen musste, ließ sich damit

abspeisen. »Wir können jetzt keinerlei Skandalgeschichten gebrauchen!«, rief er und verschwand um die Ecke.

Auch Dieberg schien auf Timm gewartet zu haben. »Endlich kommst du! Ist was dran an diesem Einbruch?«

»Gräfe ist unterwegs. Was Bedeutendes wird nicht dabei rauskommen. Möglicherweise hat sich ein unbekannter Liebhaber eins von Seibolds unsterblichen Meisterwerken geangelt.«

»Meinetwegen. Das soll dann die zuständige Inspektion bearbeiten. Ich habe mit dir über die Bereitschaft in den nächsten Tagen zu reden. Und überhaupt. Die Lage ist ernst, das weißt du ja selber. Da können wir uns keine Extravaganzen leisten.«

Timm bekam einen roten Kopf. »Wegen heute Morgen – das ist mir sehr unangenehm. Aber der Junge …«

Dieberg winkte ab. »Die Katholiken haben heute Allerheiligen. Das ist ein Feiertag. Wusstest du das nicht?«

»Doch. Gestern war Reformationsfest. Bei uns im Dorf wird das noch begangen.«

»Na siehst du«, sagte Dieberg befriedigt. »Aber so was steht nicht in deiner Zeitung. Hast du das über diesen Gewerkschaftsbonzen und seinen Prachtbau gelesen? Der hat sich eine Sechs-Zimmer-Villa auf Gewerkschaftskosten bauen lassen.«

»Ja und?«, Timm verstand nicht. »Das haben die doch alle gemacht. Mein Schwager arbeitet beim Gewerkschaftsbaubetrieb.«

Dieberg sah ihn nachdenklich an. »Dann soll er sich

mal besser nach was Neuem umgucken. Beim Schlachten fangen sie gewöhnlich mit dem Kleinvieh an.«

Sie besprachen den Dienstplan, und Dieberg war froh, dass Timm nicht mit ihm zu handeln versuchte. »Es wird hart. Das habe ich dir ja prophezeit«, meinte er, und dann geriet ihm noch ein Zettel in die Hand. »Da hat ein Becker von der Chemie in Johannisthal angerufen. Bittet um Rückruf.« Er blickte über den Rand seiner Lesebrille. »Geht's um den Künstler?«

Doktor Becker ließ Timm ein Weilchen zappeln. »Es handelt sich im Wesentlichen immer um die gleichen minderwertigen Ethanolabkömmlinge, sprich: Kartoffelsprit. Nur in zwei der Flaschen scheint etwas anderes gewesen zu sein.«

»Whisky«, mutmaßte Timm.

Becker ließ sich nicht aus seinem Fahrwasser bringen. »Es sind jedenfalls gewisse andere Derivate vorherrschend. In einem Fall findet sich ein stark erhöhter Spurenanteil von Methanol.«

»Methanol? Das ist doch giftig.«

»Wenn man nicht genug davon trinkt, erblindet man nur«, erläuterte Becker nachsichtig. »Im Übrigen sind Spuren dieser sehr liquiden, also beweglichen Flüssigkeit mit dem schönen deutschen Namen *Holzgeist* in beinahe jeder Art von Trinkalkohol enthalten. Es kommt wie immer ausschließlich auf die Dosierung an.«

»Ich verstehe«, sagte Timm. »Es wäre also möglich …«

»Es handelt sich um geringfügige Spuren. Das Zeug

ist flüchtig, und die Flasche war offen. Einen Gerichtsbeweis möchte ich damit nicht antreten, aber vielleicht hilft es euch …«

»Fingerspuren?«

Becker hüstelte. »Mindestens zwei verschiedene auf den ersten Blick. Ich gebe das weiter.«

»Danke. Ich melde mich wieder.« Nachdenklich legte Timm auf. Zwei waren auf jeden Fall zu wenig, wenn außer Seibold und Frau Loebe noch jemand die Flasche in der Hand gehabt hatte.

13

Diebergs Prophezeiungen erfüllten sich. Es wurde eine harte Woche. Die Suizidrate, die im November und Dezember gewöhnlich um ein Drittel unter den März- und Augustwerten lag, kletterte plötzlich in die Höhe. »Warte ab, bis es bei den Waffenträgern losgeht«, sagte Dieberg düster. »Es wäre besser, sie nehmen denen die Pusten vorher ab.«

Timm rückte den drückenden Schulterriemen gerade. Nur schwer gewöhnte er sich wieder daran, ständig bewaffnet herumzulaufen wie früher im Kriminaldienst. »Das soll nicht unsere Sorge sein«, sagte er. Die Staatssicherheit beschäftigte ihre eigene Untersuchungsabteilung.

Im Fall Seibold war er keinen Schritt weitergekommen. Lola Belicke hatte auf eine Anzeige verzichtet, weil sie beim besten Willen nicht angeben konnte, was nach dem Einbruch fehlte. Gräfe hatte lediglich zwei schwache Abdrücke eines Turnschuhs etwa der Größe 36 gesichert. Also doch nur neugierige Kinder? Hätten die nicht mindestens Fingerabdrücke am Fenster hinterlassen?

Timm hatte keine Zeit, sich darum zu kümmern. Auf den endgültigen Obduktionsbericht musste er unter Umständen noch vierzehn Tage warten. Er fand nicht einmal Zeit, bei den Biologen nachzufragen. Nur auf den bloßen Verdacht hin, dass dem Inhalt einer Flasche Whisky Methylalkohol beigemengt gewesen sein konnte, ließ sich wenig unternehmen.

Seibolds Todesanzeige fand er in der Sonnabend-Zeitung. Lola Belicke, deren Name ohne jede Ergänzung unter dem schlichten Text stand, musste über gute Beziehungen verfügen, dass die Annonce so schnell erschienen war. Am Mittwochnachmittag war schon die Trauerfeier im Krematorium Baumschulenweg. Auf der Kulturseite wurde Seibolds Tod nicht erwähnt.

Timm las die Zeitung erst am Sonntagvormittag, als er vom Dienst heimgekehrt war und nicht wusste, wie er sich Heikes boshafter Vermutungen über seinen Dienstverlauf erwehren sollte. Sie war mit Steve zur Demonstration gegangen. Der erzählte munter davon. »Da hatte jemand eine Großmutter gemalt, mit ganz großen Zähnen und einem Kopftuch!«

»Großmutter, warum hast du so große Zähne.« Heike bleckte ihre, die eher klein waren. »Gemeint war dein Freund Egon! Und auf der Rückseite Tapeten-Kutte mit einem Papierhelm.«

Timm hatte die Bilder im Fernsehen gesehen. »Du weißt genau, was ich von den beiden halte«, sagte er ärgerlich. Er war übermüdet, und er wagte noch immer nicht, Heike in die Augen zu blicken. Aus anderen Gründen allerdings, als sie vermutete. Seine Hoffnung, ihre Beziehung würde sich nach der gemeinsamen Nacht normalisieren, hatte sich nicht erfüllt. In den folgenden Nächten, soweit er sie nicht im Dienst verbrachte, schlief er wieder im Wohnzimmer. Allmählich wurde der Zustand unerträglich.

»Darf ich wenigstens jetzt das Schlafzimmer benutzen?«, fragte er rau. »Ich bin ziemlich fertig.«

»Du hast die ganze Wohnung für dich. Ich mache mit Steve einen Ausflug.« Sie nahm den Recorder aus der Anbauwand und probierte, ob er lief. »Was sind das für Kassetten in der Tüte?«, wollte sie wissen.

Timm erschrak. Weshalb hatte er Gunhild die Kassetten nicht zurückgegeben und sie zu allem Überfluss auch noch hier liegen lassen? Inzwischen hatte er im Amt zwei weitere abgehört, ohne daraus irgendwelche Schlüsse zu ziehen. Nur Gunhilds Stimme auf den Bändern beunruhigte ihn.

»Gib das her«, sagte er heftig. »Das ist dienstlich!«

Sie sah ihn an mit diesem Blick, aus dem er nie in seinem Leben klug werden würde, und warf ihm die Kassetten vor die Füße. »Glaubst du, ich will mich in deinen Scheißdienst einmischen?«

Trotz seiner Übermüdung konnte er nicht einschlafen. Die Traueranzeige beschäftigte ihn. Hatte es Lola Belicke besonders eilig, den Lebensgefährten, der sie anscheinend schikaniert hatte, unter die Erde zu bringen? Objektiv betrachtet, gab es eine Menge Unstimmigkeiten im Fall der schönen Witwe, die sie dem Gesetz nach nicht einmal war. Eine verheiratete Frau konnte sich scheiden lassen, wenn sie der Trunksucht und der berechtigten oder unberechtigten Eifersucht ihres Gatten überdrüssig war. Welcher Weg blieb einer Lola Belicke, wenn sie nicht auf alles verzichten wollte? Methanol? Weshalb aber fehlte dann das Testament über das Geld von einem Konto, zu dem nur

Lola Belicke, nicht aber die Tochter, die Bankvollmacht besaß? Achtzigtausend Mark waren kein Pappenstiel.

Dazu dieser fingierte Einbruch, den nur eine der Seibold'schen Bezugspersonen begangen haben konnte. Timm war sicher, dass ihn sein kriminalistischer Spürsinn da nicht trog. Was hatte der Einbrecher oder die Einbrecherin gesucht? Nur das Testament, das zu seinen oder ihren Ungunsten verändert war und deshalb verschwinden musste? Oder die Whiskyflasche mit der Methanolspur? Frau Loebe hatte es sehr eilig gehabt, alle Flaschen aus dem Atelier zu beseitigen, an denen sich Lola anscheinend nicht gestoßen hatte, handelte es sich doch um den sichtbaren Beleg für Seibolds Trunksucht. Und die Flasche mit der Methanolspur war dabei gewesen …

Was hatte Lola Belicke in den zwei bis drei Stunden ihres Alleinseins mit dem Toten im Atelier getan? Zeit genug, alle vorhandenen Spuren irgendeiner Unregelmäßigkeit gründlich zu beseitigen.

Es fiel Timm nicht schwer, sich Lola Belicke als Femme fatale vorzustellen. So, wie er jetzt im Bett lag und über sie nachdachte, war er beinahe sicher, ihr trotz ihres Alters selber nicht widerstehen zu wollen, wenn es darauf ankam. Einer Frau, die ihren Lebensgefährten vergiftet hatte? Daran zu glauben fiel ihm schon schwerer. Wo war das unmittelbare Motiv? Die achtzigtausend Mark, die sie ohne Schwierigkeiten von Seibolds Konto abheben konnte? Das ließ sich jederzeit und ohne Weiteres nachweisen, für Tigra oder auch für diesen Sohn, wenn es den gab. Immerhin hatten sowohl Frau Loebe wie Gunhild von ihm gesprochen.

Die achtzigtausend Mark gingen Timm nicht aus dem Kopf. Wer immer sie sich unter den Nagel riss, lief Gefahr, auf sich aufmerksam zu machen. Es sei denn, er scheute diese Gefahr nicht, weil … Timm kam ein abenteuerlicher Gedanke. Doktor Henning war im Westen, und wenn doch etwas wahr war an der Beziehung zwischen ihm und der schönen Lola – sie konnte sich das Geld verschaffen und ihm auf irgendeinem der Wege folgen, die sich jetzt allerorten auftaten. War das die Lösung? Hatte sie deshalb gleich am Morgen in der Praxis angerufen? Henning hätte den Totenschein für den an übermäßigem Alkoholmissbrauch Verstorbenen problemlos ausgestellt. Wusste Lola Belicke wirklich nicht, dass da nur eine Vertretung agierte, weil Henning schon weg war …

Als Timm am Nachmittag erwachte, fühlte er sich ausgehöhlt und hungrig und wusste nichts mit sich anzufangen. Freunde besaß er nicht in dieser Betonstadt. Heike hatte ihre Verwandten und ihren Bekanntenkreis. Er war da nur geduldet. Allein konnte er nirgendwo hingehen. Lachmuth fiel ihm ein. Vielleicht war der sogar über ein paar Neuigkeiten und politische Hintergründe informiert, auf seiner Parteischule. Timm wählte die Nummer, doch Lachmuth meldete sich nicht.

Kurz entschlossen stieg Timm in seinen Trabant. Er machte sich vor, dass er einfach nur herumfahren wollte, aber dazu hätte er Gunhilds Kassetten nicht einzustecken brauchen.

Die graue Christburger Straße wirkte an einem Sonntagnachmittag im November so trostlos wie die ganze Stadt. Timm fand eine Parklücke, durchquerte den schmuddeligen Hausflur und stiefelte die vier Treppen nach oben. Das klägliche Geräusch der Klingel verhallte ungehört.

Unten im Hof kam ihm eine Gestalt entgegen, deren Anblick ihm im ersten Augenblick einen Stich versetzte. Es war jedoch eine mollige Frau um die vierzig, die seinen Gruß erstaunt erwiderte.

Es wurde schon dunkel. Aus der offenen Kneipentür quoll gedämpfter Lärm. Timm ging hinein und bereute es sogleich. Der von scheußlichen Lampen erhellte Raum besaß nichts von der anheimelnden Gemütlichkeit, die er erwartet hatte. Enttäuscht setzte er sich an einen Tisch mit Kunststoffplatte und Metallfüßen, möglichst weit entfernt von den beiden Angetrunkenen, die sich in bestem Einvernehmen anbrüllten, als wären sie taub.

»Bier?«, rief der Wirt herüber und hob zur Erklärung ein Glas hoch. Timm schüttelte den Kopf und winkte ihn heran. Es dauerte ein Weilchen, bis er kam, einen halben Liter auf dem Tablett. »Ich wollte gar kein Bier«, sagte Timm.

Der Wirt sah ihn verständnislos an. »Ich dachte, Sie wollten kein kleines.«

»Na, lassen Sie's hier. Ich möchte was essen.«

»Ich kann Ihnen 'ne Bockwurst warm machen.«

»Weiter nichts?«

»Weiter nichts. Wir sind kein Speiserestaurant. Und Buletten sind alle.«

Timm bestellte zwei Bockwürste mit Brot und trank sein Bier. Wenigstens das schmeckte. Das Auto konnte er ja ein Stündchen hier stehen lassen. Er hatte es nicht eilig.

Die Würste besaßen eine Färbung, als hätten sie die vergangenen Wochen in lauwarmem Wasser verbracht, und so schmeckten sie auch. Ohne das Bier und den scharfen Senf wären sie ungenießbar gewesen. Timm verzichtete auf das letzte Drittel. Der Senf war alle.

»Noch 'n Bier?«, erkundigte sich der Wirt und entfernte den Teller mit dem Wurstrest. Timm nickte. »Und einen doppelten Magenbitter.«

Langsam füllte sich das Lokal. An seinem Tisch ließ sich ein Ehepaar nieder, beide Mitte dreißig, schätzte Timm.

»Die Zeiten sind vorbei, wo die uns bescheißen konnten!«, sagte der Mann, ohne auf die mahnenden Blicke seiner blonden Frau zu achten. »Wenn die uns nich freiwillig rauslassen, dann gehn wa eben!«

»Was du so redest. Wo willst du denn hin?«

»Nach Bayern. Was weiß ich. Arbeit kriege ich überall.«

»Jaja. Die warten nur auf dich!«, höhnte sie, und ihr Blick streifte Timm. »Haste nich gelesen, was in diesen Auffanglagern los is?«

»Ich brauch in kein Auffanglager. Ich hab mein' Onkel, der wird sich schon kümmern.« Er sah Timm ins Gesicht. »Haste ooch Verwandte drühm?«

»Nein«, sagte Timm. »Jedenfalls keinen, der mich kennt.«

»Armer Hund«, sagte der Mann und ging Zigaretten kaufen.

»Nehmen Sie's nicht so genau, was er sagt«, bat die Blonde. »Irgendwo muss er's ja mal loswerden. Im Betrieb ist doch auch einer des andern Deibel.« Sie senkte ihre Stimme. »Er arbeitet beim Ministerium. Aber bloß als Schlosser.«

Eine halbe Stunde später stieg Timm noch einmal die vier Treppen hinauf. Gunhild Steglich war nicht zu Hause, obwohl er von unten geglaubt hatte, einen Lichtschimmer hinter ihrem Fenster wahrzunehmen. Er drehte die Klingel noch einmal. Vergebens. Die Kassetten passten nicht durch ihren Briefschlitz, und in das wenig vertrauenerweckende Blechgehäuse im Hausflur wollte er sie nicht stecken. Nach reiflichem Überlegen schrieb er einen Zettel: *Die Kassetten liegen bereit. Dietmar Timm.* Schließlich zwängte er noch das Wort *Gruß* zwischen den Text und seinen Namen.

14

Die Meteorologen versprachen ruhiges Spätherbstwetter. Wie es sich für eine Beerdigung gehörte, regnete es dennoch. Auch das gehörte zu Timms Erfahrungen. Er hatte in seinem Leben an zu vielen Trauerfeiern und Beisetzungen bei schlechtem Wetter teilgenommen.

Er war zu früh in Baumschulenweg, parkte den Dienstwagen auf dem hinteren Teil der Parkfläche und blieb darin sitzen. Vergebens hatte er Dieberg zu überreden versucht, sich wenigstens einmal die Familie des toten Künstlers anzugucken. Der hatte wie immer Wichtigeres zu tun. Und Lachmuth, der plötzlich und unerwartet von der Parteischule ins Amt heimgekehrt war, weil die ihren Betrieb vorläufig eingestellt hatte, war gleich losgefahren, um den Tod eines hochrangigen Dozenten just dieser Hochschule zu untersuchen.

Am Morgen hatte Heike ihn mit der Nachricht geschockt, sie und ihre Kollegin würden erwägen, an der Trauerfeier teilzunehmen. Immerhin wären Seibold und seine Frau langjährige Patienten, und Doktor Henning wäre gewiss …

Bezähmt eure Sensationsgier, hatte Timm kategorisch gefordert. Das fehlte ihm noch, dass seine eigene Frau auftauchte und mit den Hinterbliebenen Konversation pflegte. Außerdem war mit einiger Sicherheit zu erwarten, dass Gunhild Steglich erschien. Auf ein Zusammentreffen der beiden Frauen legte Timm wenig Wert.

Der Regen schlug gegen die Windschutzscheibe. Timm entfaltete die Zeitung und hielt über den Rand Ausschau nach den ersten Trauergästen. *DDR-Regierung erklärte ihren Rücktritt* stand links, rechts äußerte ein Kommentator *SED braucht die Erneuerung.* Welche Sensation hätten diese Überschriften noch vier Wochen zuvor ausgelöst, dachte Timm, und überflog die Artikel nur.

Ein Lada bog auf den Parkplatz ein. Ein schlanker älterer Mann und ein bärtiger jüngerer stiegen aus und holten einen Kranz aus dem Kofferraum. Ehemalige Kollegen von Seibold? Dem Äußeren nach konnte das gut sein.

Als Nächste kamen Lola Belicke nebst Tochter und Schwiegersohn in dem roten Wartburg an. Die Tochter trug eine dunkle Kutte und enge schwarze Hosen und half der Mutter, die Blumen aus dem Kofferraum zu bergen. Nichts ließ auf ein gestörtes Einvernehmen zwischen den beiden schließen.

Maltzan hatte sich in einen dunklen Anzug gehüllt. Als er umständlich aus dem Auto kletterte, trat er sich auf den Hosenumschlag und taumelte rückwärts in eine Pfütze. Seine krähende Stimme drang bis zu Timm.

Es war noch immer früh, doch wer kam schon zu einer Trauerfeier zu spät. Höchstens zur eigenen, dachte Timm mit einem Anflug von Galgenhumor. Er hatte sich angewöhnt, traurige Ereignisse ironischer zu betrachten, als es ihm eigen war, und es funktionierte dementsprechend schlecht. Das Largo von Händel auf der Orgel ging ihm noch immer an die Nieren. Und gegen den Anblick verzweifelt schluchzender Witwen und Kinder half es nicht einmal in jedem Fall, sich schmerzhaft auf die Zunge zu beißen. Diesen Trick hatte er von Lachmuth übernommen. Hilft auch gegen Lachen, behauptete der. Ist nur etwas schwieriger, weil die Mundwinkel trotzdem zucken.

Noch zuckten Timms Mundwinkel unbeobachtet, als Maltzan in seinem schlotterigen Anzug hinter den Damen herdackelte und vergeblich versuchte, wenigstens ein Stück von Tigras buntem Regenschirm abzubekommen. Da fuhr schon das nächste Auto vor, ein dunkler Mercedes. Der Fahrer ignorierte prompt das Verbotsschild und verschwand durch das Tor, ohne dass ihn jemand aufhielt. Im Wagen saßen noch zwei weitere Personen, die Timms Aufmerksamkeit nicht entgingen.

Mit röhrender Kurbelwelle nahte ein Trabant und parkte in der Pfütze direkt neben Lola Belickes Wagen. Wieder stiegen zwei Männer aus, ein nervöser schmaler Mensch mit Brille und schütterem Haar, der sich nicht entscheiden konnte, ob er seinen hellen Mantel an- oder ausziehen sollte, und der breitschultrige Fahrer, der im grauen Steppanorak im Regen stand und gleichmütig das Gehabe seines Passagiers beobachtete. Schließlich verzichtete der Bebrillte auf den Mantel und beugte sich nochmals in den Wagen, um einen

Kranz mit roter Schleife hervorzuholen. Wahrscheinlich Seibolds Parteigruppe.

Der Breitschultrige sah zu Timm herüber und folgte missmutig dem anderen. Timm guckte auf die Uhr und entschloss sich, ebenfalls zur Feierhalle hinüberzugehen. Er stieg aus, nahm seinen bescheidenen Blumenstrauß und schlug den Kragen hoch. Das bisschen Regen machte ihm nichts aus.

Unter dem Tor angekommen, drehte er sich noch einmal um. Von der Straße her tippelten zwei Frauen heran: Rosa Loebe und Gunhild Steglich unter einem Regenschirm vereint. Sie bemerkten ihn erst, als sie an ihm vorbeigingen. »Hallo«, grüßte Gunhild locker. »Gehört das auch zum Dienst?« Sie reichte ihm die nasse Hand.

»Nun habe ich die Kassetten nicht bei mir!«, sagte Timm. Sein Herz schlug heftig. »Aber in den nächsten Tagen werde ich damit fertig.«

Gunhild sagte munter: »Ich warte drauf.«

Rosa Loebe gab sich zurückhaltend, wie es der Anlass gebot. »Glauben Sie immer noch, dass er nicht von allein gestorben ist?«, fragte sie mit unterdrückter Stimme. Gerade kam ihnen die Trauergemeinde der vorangegangenen Feier entgegen.

Timm zog es vor, nur beruhigend den Kopf zu schütteln.

Gunhild, die diesmal dicke schwarze Strümpfe zu ihrem langen Rock trug und auf das schwarz-weiße Tuch verzichtet hatte, wollte ihn am liebsten mit unter den Schirm nehmen, aber der gehörte Rosa Loebe.

»Haben Sie den Vogelsang gesehen? Der ist im Mercedes an uns vorbei«, sagte sie.

»Wissen Sie, wer die anderen Personen in dem Wagen waren?«, erkundigte sich Timm.

»Wahrscheinlich doch seine Frau. Oder? Sind denn die Neffen auch schon da?«

»Hatte Seibold Neffen?«

Gunhild lachte. »Das hat mir Frau Loebe gerade erzählt. Kein Mensch hat von deren Existenz gewusst, und vorgestern tauchten sie auf einmal zum Kondolenzbesuch auf.«

»Na, ich sage Ihnen! Lola war völlig geplättet! Die Söhne von seinem Bruder. Haben die ganzen Jahre kaum zehn Minuten entfernt in Weißensee gewohnt und sich nie blicken lassen. Aber jetzt, wo's was zu erben gibt …« Sie sah Timm unter dem Schirm hervor schräg an. »Hab ich's Ihnen nicht gleich gesagt? Ich möchte wirklich wissen, wo er das Testament versteckt hat.«

Sie waren vor dem Warteraum angekommen. Frau Loebe ging ganz selbstverständlich sofort hinein. Timm zögerte, und Gunhild sagte: »Wir können ja draußen bleiben.«

»Ich wollte die Kassetten schon am Sonntag vorbeibringen«, sagte er und vermied eine Anrede.

Sie war weniger zurückhaltend. »Ich habe deinen Zettel gefunden. Schade, dass ich nicht da war.« Sie lächelte und zeigte ihre großen Zähne. »Soll ich sie mir abholen, oder wollen es der Herr Oberleutnant noch mal versuchen?«

Timm, der nicht zugeben wollte, dass er auch am Montag noch einmal bei ihr geklingelt hatte, als er den Wagen abholte, wurde einer Antwort enthoben, weil sich Leute an ihnen vorbeidrängten. Gunhild grüßte höflich einen alten Herrn, der erfreut schien, sie zu sehen, und sie seiner weißhaarigen Begleiterin vorstellte. »Trauerfeier Seibold«, rief da auch schon der schwarz gekleidete Türsteher. Der Alte prallte erschrocken beiseite, als ein schwergewichtiger Mann mit langen grauen Haarzotteln und einem gewaltigen Bart als Erster aus der Tür trat. »Seletzki!«, sagte der Bärtige und piekte mit dem dicken Zeigefinger nach dem Alten. »Stimmt's? Ich bin Vogelsang. Sie werden sich nicht erinnern …«

»Wie sollte ich nicht! Sie sind immerhin einer der bedeutendsten …« Er suchte verzweifelt nach einem Wort und sagte schließlich ein bisschen unglücklich: »Wir wären heute stolz, wenn ich Absolvent sagen dürfte.«

Die alte Frau neben ihm nickte verbissen. Vogelsang klopfte Seletzki leutselig auf die Schulter, nickte Gunhild zu und folgte seinen Begleitern, einer elegant gekleideten Blondine mit unnatürlich gebräuntem Teint, die darauf verzichtet hatte, Trauerkleidung anzulegen, und einem jungen Mann in Timms Alter, neben dem der sich in seinem Dienstanzug überaus schäbig vorkam. Er trat einige Schritte zur Seite und erblickte Frau Belicke, die schon in der Tür der Halle stand. Sie bemerkte und übersah ihn, obwohl Timm artig sein Haupt neigte.

Er ging als Letzter hinein. Drinnen toste die Orgel. Der Krematoriumsbedienstete half beim Ordnen der Blumen. Timm warf einen Blick auf die rote Schleife. *Unserem Onkel* … vermochte er zu entziffern. Also nicht die Parteigruppe.

Er setzte sich in eine der hinteren Reihen. Insgesamt waren nur siebzehn Personen anwesend. Gunhild, die neben dem Alten und seiner weißhaarigen Begleiterin gestanden hatte, kam im letzten Augenblick zu ihm. Er rückte einen Platz auf.

»Das ist Professor Seletzki«, flüsterte sie ihm zu. »Seibolds Lehrer.«

Timm wollte etwas fragen, doch die Orgel war verstummt und setzte zu einem neuen Stück an. Es war nicht das Largo und auch nicht der Liebestraum. Soweit Timm etwas von Musik verstand, klang es wie Bach.

Der Hagere, der zuerst aus dem Lada gestiegen war, hielt die Trauerrede. Er sprach stockend und undeutlich von dem allseits geschätzten Kollegen und – das fügte er fast verschämt und ein bisschen trotzig hinzu – treuen und klassenbewussten Genossen Rudolf A. Seibold, dessen Kunst einmal zu den schönsten Hoffnungen berechtigt hatte und der nun, an der Wende dieser Tage, dahingegangen sei, fast unbeachtet, und das hätten Pioniere der Malerei des Landes wie er nun wahrhaftig nicht verdient, zumal ja seine Bedeutung auch über die Grenzen hinaus, wie der Zuspruch zeige … Er verhaspelte sich bei diesem Satz, den er nicht aufgeschrieben hatte und der wohl Vogelsang galt. Der räusperte sich ungeniert.

Von den sonstigen Anwesenden sprach der Redner nur Lola Belicke als die aufopferungsvolle Gefährtin in guten wie in weniger guten Tagen an; schließlich verneigte er sich tief vor dem Sarg, mit dem Versprechen: »Wir werden dein Vermächtnis in Ehren halten, Rudolf.«

Die Musik kam von einer Schallplatte und erstaunte Timm durch ihre Wucht. Er hatte an dieser Stelle schon öfter überraschende Klänge vernommen, und seltsamerweise fiel ihm dieser andere Künstler ein, dessen Stimme hier noch einmal erklungen war. Kein Auge blieb trocken bei dem Lied, bis einer der Freunde des Toten in Beifall ausgebrochen war: *Er liebte den Beifall, das wissen wir alle …* Weshalb erinnerte er sich gerade jetzt daran? Weil es sich damals um einen Selbstmord gehandelt hatte, von dem nicht einmal die Familie Kenntnis haben durfte?

»Schostakowitsch«, raunte Gunhild ihm zu. Er nickte.

Dann war es vorbei. Lola Belicke, Maltzan in seinem schlotterigen Anzug an ihrer Seite um einen halben Kopf überragend, schritt zum Ausgang. Als sie an dem jungen Mann vorüberging, der mit Vogelsang gekommen war, blieb sie stehen, sah ihm ins Gesicht und reichte ihm die Hand. Plötzlich wusste Timm, wo er das Gesicht schon gesehen hatte. Er sah dem Toten auf verblüffende Weise ähnlich.

Vogelsang trat zu Lola Belicke heran, sprach ein paar Worte und überreichte ihr einen länglichen Briefumschlag, den sie zögernd an sich nahm. Dann gab ihr auch die braun gebrannte blonde Frau die Hand und lächelte ihr zu. Im gleichen Augenblick verstand Timm, dass es sich nur um die Mutter von Seibolds Sohn handeln konnte, die Lola jetzt ihr Beileid aussprach und sie plötzlich auf die Wange küsste. »Sie sind Dörte«, sagte Lola Belicke.

Respektvoll wartete Timm, dass die Frauen an ihm vorbeigehen würden. Gunhild hatte es eilig, zur Tür zu gelangen. Ihm gegenüber hatte der Neffe mit der Brille Aufstellung genommen. Timm bemerkte die kleinen Löcher im Revers seines dunkelblauen Nadelstreifenanzugs, wo sonst das Abzeichen gesteckt hatte.

»Sie sind sicher ein Freund des Verstorbenen?«, fragte er Timm halblaut über den Gang hinweg.

»Nicht direkt. Ich würde dennoch gerne ein paar Worte mit Ihnen sprechen. Wie kann ich Sie erreichen?«

Der Mann suchte eifrig nach Papier und Kugelschreiber. Timm reichte ihm beides und nahm die Telefonnummer in Empfang, nachdem die Frauen die Halle verlassen hatten. Der Neffe und er waren die Letzten.

Als Heinzpeter Seibold einen Blick auf Timms Karte warf, wurde er blass. »Wir haben erst durch die Annonce vom Tod unseres Onkels erfahren«, stammelte er.

Timm winkte ab. Er sah, dass Seibolds Sohn sich mit einer Umarmung von Lola Belicke verabschiedete, die Vogelsangs Umschlag noch in der Hand hielt. Sie weinte.

Er hätte gerne ein paar Worte mit ihr gewechselt, aber die Tochter stellte sich ihm in den Weg. »Wollen

Sie meine Mutter nicht wenigstens heute in Ruhe lassen«, sagte sie unwirsch.

Timm verbeugte sich formvollendet und drehte sich um. Maltzan blickte finster.

Neben dem Mercedes sprachen Vogelsang und Gunhild miteinander. »Versuchen Sie Ihr Glück und Ihr neues Reisegesetz. Gäste sind mir immer willkommen«, rief er ihr zu und schloss die Wagentür auf. Seibolds Sohn half seiner Mutter fürsorglich ins Auto.

Als Timm vorbeiging, war Vogelsang dabei, die Frontscheibe vom herabgefallenen Laub zu reinigen. Der Maler sah ihn aufmerksam an und fragte: »Sind Sie einer von Rudolfs Schülern?«

»Das nun nicht«, sagte Timm und blieb stehen. »Mein Beruf ist leider etwas prosaischer.«

Vogelsang griente hinterhältig. »Presse?«

Timm schüttelte den Kopf. »Nicht mal das. Kriminalpolizei.«

Er wollte einfach sehen, wie Vogelsang reagierte. Der nickte nur gleichmütig. »Muss es auch geben. Waren Sie dienstlich hier?«

»Im Prinzip ja. Ich würde mich auch mit Ihnen ganz gerne ein paar Minuten unterhalten.« Wenn ich dürfte, hätte er eigentlich hinzufügen müssen, aber hier war hoffentlich niemand, der den Verstoß gegen die Dienstvorschrift registrierte.

»Auf Ihrem Amt?«, erkundigte sich der Maler misstrauisch und war schon dabei, in seinen Mercedes einzusteigen.

»Nein, nein«, sagte Timm. Wenn er Vogelsang jetzt

mitschleppte, würde das unabsehbare Komplikationen auslösen. »Einfach nur, um etwas mehr über Ihren Kollegen Seibold zu erfahren.«

Vogelsang saß im Wagen, ließ den Motor an und die Scheibe herunter. »Da kann ich Ihnen nur das Gleiche wie eben der Kleinen anbieten: Besuchen Sie mich in meinem Atelier am Holsteiner Ufer. Gäste sind immer willkommen.«

Er winkte Timm zu und fuhr rasch los.

Rosa Loebe ging ein wenig verloren allein dahin. Timm überholte sie. »Mit diesem Sohn hätten sie sich gar nicht so geheimnisvoll gebärden müssen, Frau Loebe«, sagte er freundlich. »Sie sehen, es kommt alles ans Licht der Sonnen.«

»Sonnen is gut!«, murmelte sie. Immerhin hatte es aufgehört zu regnen. »Mir ist immer noch unheimlich, wie der seinem Vater ähnelt. Darum war die Lola so komisch nach dem Besuch …«

Seibolds vierschrötiger Neffe murkste an seinem Trabant herum und maß Timm mit einem langen Blick. Sein Bruder, wenn es denn sein Bruder war, saß drin und verzerrte das Gesicht zu einer freundlichen Grimasse.

Timm sah sich auf dem Parkplatz um. Lola Belicke stieg in ihren Wartburg und nahm auch Frau Loebe mit. Gunhild war nirgends zu sehen. Sie hatte sich wahrscheinlich längst auf den Weg zur S-Bahn gemacht.

15

Timm musste sich erst daran gewöhnen, dass Lachmuth wieder da war. Er war älter als Timm und, wie er nie zu betonen vergaß, ein waschechter Berliner. Mutter aus Schlesien, Vater aus Heidenau in Sachsen.

»Hier sind ja Dinge eingerissen«, stellte er in seinem nörgeligen Ton fest. »Kein Kaffee in der Büchse, und Nicolae steckt dauernd die Nase rein. Seit wann hast du denn Westverwandtschaft?«

Timm verstand die Frage nicht, erinnerte sich jedoch an den Ministeriumsschlosser aus der Kneipe. »Haben wir nicht alle welche?«, fragte er zurück. »Sogar Erich stammt aus dem Saarland.«

»Hör mir bloß auf! Meine Frau redet nur noch von dem Ärmsten, den alle verraten haben. Egon ist ihr ein Gräuel.«

»Mir auch«, sagte Timm zwischen den Zähnen. »Was ist das nun mit meiner angeblichen Westverwandtschaft?«

»Nico hat nur dunkle Andeutungen fallen lassen, wir sollten auch in außergewöhnlichen Situationen alle Sicherheitsmaßnahmen einhalten. Das betreffe auch private Anrufe.«

»Mich hat niemand angerufen. Schon gar nicht aus dem Westen.«

»Vielleicht bei dir zu Hause«, sagte Lachmuth gelassen. »*Aus gegebenem Anlass*, hat unser kleiner Freund jedenfalls geäußert.«

»Wenn er was von mir will, soll er es mir selber sagen!« Timm war gereizt. Er hatte vorgehabt, endlich mit Gunhilds Kassetten fertig zu werden, verspürte aber jetzt wenig Lust dazu. Was sollte dabei schon rauskommen. Seibold war tot und so gut wie verbrannt. Mit welcher Art von Alkohol im Blut – darüber würden die Bänder auch keine Auskunft geben. Viel interessanter war das Testament. Hatte Lola Belicke es noch immer nicht gefunden? Weshalb hatte sie nicht zugegeben, dass sie den Sohn kannte? Am liebsten hätte er sie angerufen, doch der Pietät wegen musste er wohl oder übel ein, zwei Tage warten.

Blieben diese Herzchen von Neffen. Vielleicht lohnte es doch, denen ein bisschen auf den Zahn zu fühlen. Waren sie wirklich erst durch die Todesanzeige auf den wohlhabenden Onkel aufmerksam geworden?

Timm steckte den Zettel mit Heinzpeter Seibolds Telefonnummer vornan in seinen Tischkalender. Eine Rufnummer in Friedrichshain. Hatte Frau Loebe nicht von Weißensee gesprochen? An sich war das so belanglos wie der Unterschied in der Suizidrate der einzelnen Berliner Stadtbezirke. Weißensee und Treptow lagen ganz hinten, Prenzlauer Berg und Friedrichshain teilten sich den zweiten Platz mit je fünfzehn Prozent. Ganz vorn lag Lichtenberg mit achtzehn.

Das war so eins der bürokratischen Spielchen bei diesem traurigen Unternehmen LEBEN & TOD: die

Statistik ohne Computer. Weshalb man ihnen bisher den einfachsten PC verweigert hatte, konnte nicht einmal Pokorny erklären. Wahrscheinlich braucht die Post sie dringender, um Eingaben abzuwehren, lautete sein bissiger Kommentar.

Timm hatte die wichtigsten Zahlen im Kopf. Hätte Seibold Selbstmord begangen, fiele er in die typische Gruppe der Fünfzig- bis Neunundfünfzigjährigen, die immerhin einundzwanzig Prozent der Selbsttötungen vollbrachte. Und was die Motive anging, so lag Alkoholismus zwar erst an vierter Stelle, aber jede der davorliegenden Positionen: Krankheit, Depression, Eheproblem konnte ebenso gut auf den unverheirateten Seibold zutreffen, ja nicht einmal eine akute Psychose war ausgeschlossen.

Wenn Seibold Suizid begangen hätte. Das war mehr als unwahrscheinlich. Und ein von langer Hand vorbereiteter Mord durch geldgierige Neffen ein glattes Hirngespinst. Dafür hatten Tigra Belicke und ihre Mutter schon weitaus bessere Voraussetzungen. Oder Vogelsang, der den Whisky mitgebracht hatte. Hatte er sich nur zum Schein mit seinem alten Widersacher versöhnt? Und welche Rolle spielte der verlorene Sohn, der rechtzeitig vor dem Tod des Vaters aufgetaucht war?

Timm griff zum Telefon und rief bei den Gerichtsbiologen an. Es kostete einige Mühe, die zuständige Gutachterin herauszufinden, und die war bereits außer Haus.

»Es geht um den Obduktionsbericht Seibold«, erläuterte Timm. »Sie möchte mich morgen früh bitte unbedingt anrufen.«

»Ja, ja«, sagte der Gesprächspartner am Telefon. »Irgendwas hat sie gefunden. Sie blockiert schon seit Tagen das halbe Labor mit ihren Untersuchungen.«

Lachmuth sah ihm an, dass ihn die Nachricht beschäftigte. »Erzähl mal.«

Timm ließ sich nur zu ein paar einsilbigen Andeutungen herab.

»Das ist doch nischt für uns«, sagte Lachmuth verständnislos. »Der wird einfach 'ne doppelte Ration geschluckt haben, weil er seine rosaroten Schinken jetzt nicht mehr los wird. Weiter nichts.«

Er guckte auf die Uhr. »Sag mal, willst du Überstunden machen?«

»Gehen wir noch ein Bier trinken?«, fragte Timm hoffnungsvoll. »Mir ist heute so.«

Lachmuth lehnte ab. »Nee, nee. Ich kann meine Holde nicht mal mehr allein die *Aktuelle Kamera* gucken lassen. Die dreht noch völlig durch.«

Die Biologin rief am nächsten Morgen schon vor acht an. »Ich hätte mich früher gemeldet, aber leider sind die Ergebnisse nicht so eindeutig, wie ich mir das wünschen würde. Wir haben gleich mit dem Alkoholschnelltest den Ethanolgehalt festgestellt. Bei den Folgeuntersuchungen gibt es jedoch Probleme …«

Timm wollte es nicht darauf anlegen, die Sachverständige zu verärgern, und wartete geduldig ab.

»Wir können uns bis jetzt nicht bezüglich der ungewöhnlichen Höhe des Methanolanteils festlegen. Der Nachweis durch die Gaschromatografie ist deutlich, die Ameisensäure im Urin aber …«

»Um welche Menge handelt es sich denn ungefähr?«

»Nach dem Sublimatverfahren ergeben sich siebenundvierzig Milligramm. Ab fünfzig ist der Verdacht einer Vergiftung begründet.«

»Also rund fünfzig Milligramm Methylalkohol?«

»Nein, Ameisensäure im Urin. Die Mengenbestimmung ist nicht ganz so simpel, wie Sie sich das vorstellen. Mit dem endgültigen Gutachten wird es noch ein paar Tage dauern.«

»Wenn man Methanol unter anderen Alkohol hinzumischt – das müsste einem geübten Trinker doch auffallen, oder?«

»Weshalb? Es handelt sich um eine durchaus angenehm riechende Flüssigkeit. Probieren Sie es lieber nicht.«

Die Information beunruhigte Timm. Wenn der Verdacht auf Tod durch dritte Hand vorlag, hatte er umgehend die Morduntersuchungskommission zu verständigen. Aber alles, was er bis jetzt wusste, waren nur inoffizielle Mitteilungen, die keineswegs einen gesicherten Verdacht begründeten. Und dennoch …

Er rief die Nummer von Heinzpeter Seibold an. Nach langem Läuten meldete sich eine Oberschule. Herr Seibold sei im Unterricht … ach nein, der sei krank. Ein tragischer Todesfall in der Familie. Seine Adresse? Doch nicht telefonisch! Kriminalpolizei könne jeder sagen …

»Na gut. Ich komme vorbei«, sagte Timm. »Oder wissen Sie zufällig, wie ich seinen Bruder erreichen kann?«

»Seinen Bruder?« Die Frau am anderen Ende der Leitung tat verwundert. »Das ist ja das Neueste, dass Herr Seibold einen Bruder hat!«

Timm kam nicht dazu, die Adressen der Gebrüder zu erkunden. Im Müggelheimer Forst war eine Leiche gefunden worden. Der Fall nahm ihn den ganzen Tag in Anspruch. Erschöpft kehrte er gegen 17 Uhr in die Dienststelle zurück und ließ sich hinter seinem Schreibtisch nieder. Er hatte keine Lust, nach Hause zu fahren. Der gestrige Abend hatte ihm genügt. Heike hatte wieder mal kein Wort mit ihm gesprochen und ihn systematisch daran gehindert, wenigstens die Nachrichten zu sehen. Nein, das war kein Eheleben mehr. Da blieb er lieber hier sitzen und erledigte in aller Ruhe den Rest seiner Arbeiten. Für Freitag hatte Dieberg ihm einen freien Tag bewilligt.

Glücklicherweise hatte Lachmuth Kaffee gekauft. Ganz hinten im Schrank fand Timm ein paar Zwiebäcke. Etwas anderes hätte er nach dem Anblick draußen in Müggelheim auch gar nicht heruntergekriegt.

Um sieben war er mit allem fertig und bekam langsam doch Hunger. Dann sah er die Kassetten, von denen zwei noch immer nicht abgehört waren. Er beschloss, nur die Nummer 14 vom 23. Oktober zu hören – zwei Tage vor Seibolds Tod. Das Datum stand auf der Papiereinlage, aber die Kassette rauschte nur. Hatte Gunhild nur vorgehabt, an diesem Tag ein weiteres Gespräch mit Seibold aufzunehmen? Was hatte sie daran gehindert? Enttäuscht nahm Timm die andere, sechs Tage früher datierte Kassette. Seibolds Stimme füllte den Raum. Er erzählte von einem Wandgemälde, das er im Auftrag der Nationalen Front in einem Kulturhaus gemalt hatte, und kramte wohl auch Fotos hervor, wie man Gunhilds Reaktion entnehmen konnte. *Und dieses Werk,* Seibold hob plötzlich erregt die Stimme, *haben beamtete Kunstbanausen bei einer späteren Renovierung einfach übermalt! Kannst du dir so etwas vorstellen?*

Gunhilds Antwort war nicht zu verstehen. Den Rest des Bandes füllten Seibolds Klagen über das mangelnde Verständnis der Gesellschaft für die wirkliche Kunst und deren Hang, sich von modischen Scharlatanen Pseudokünstlerisches vormachen zu lassen. Zweimal wurde das Band zwischendurch angehalten, wie man hörte, und nach jedem Stopp klang Seibolds Stimme verwaschener. Er trank also, und die Wirkung ließ nicht auf sich warten. Sein Lamento enthielt immer mehr Wiederholungen; die Anspielungen auf Gunhilds Busen wurden gröber. Unangenehm berührt hielt Timm das Gerät an.

Bevor er die Kassetten in die Tüte steckte, kontrollierte er noch einmal, ob sich alle in den richtigen Hüllen befanden. Die Papiereinlagen trugen Zahlen, die sich auf den Kassetten wiederholten. Bei Nummer 3 fehlte die Ziffer auf der Kassette. Timm konnte sich nicht erinnern, ob sie unbeschriftet gewesen war, und schob sie in das Gerät. Wieder Seibold, in einer völlig anderen Atmosphäre diesmal; die Stimme undeutlich und weit entfernt vom Mikrofon. Er erzählte etwas vom Fasching. Ein tiefes Lachen und eine andere Stimme unterbrachen ihn: *Jaja. Du dachtest, die Faschingsveranstalter müssen hinterher sowieso immer abhauen, stimmt's?*

Timm erinnerte sich nicht, diese Stelle gehört zu haben, und ließ das Band weiterlaufen. Diese Stimme – sollte das Vogelsang sein? Aber Gunhild hatte gesagt, sie hätte das Gespräch nicht aufgezeichnet.

Das Gerät schaltete ab. Timm drehte die Kassette um und hörte den RIAS-Mitschnitt, den er schon kannte. Deshalb also war ihm Vogelsang entgangen. Wahrscheinlich hatte Heike die Kassette in der Hand gehabt und das Band in die falsche Schachtel getan. Er fuhr es schnell vor. Etwa auf der Hälfte fand er die Stimmen wieder. Kein Zweifel: Vogelsangs sonores Organ. Er sprach jetzt über seine Autobiografie, die er zu schreiben begonnen hatte, schonungslos und ehrlich, vor allem gegen sich selbst. *Aber ich hau keinen in die Pfanne, Rudi. Du brauchst keine Angst zu haben.*

Noch zweimal hörte Timm den abrupten Übergang von der Rundfunksendung zu Vogelsangs Auslassungen. Anscheinend hatte Gunhild bei der Aufnahme nicht darauf geachtet, dass die Kassette bereits bespielt gewesen war.

Er packte alles zusammen und beschloss, ihr die Bänder noch heute zurückzubringen, mochte sich daraus ergeben, was wollte. Als er das Haus verließ, war es kurz nach zehn, und das brachte ihn doch dazu, seinen

Entschluss zu überdenken. Wenn er jetzt bei ihr auftauchte, sah das zu sehr nach einer eindeutigen Absicht aus.

Er stieg in seinen Trabant und nahm erstaunt wahr, wie viele Autofahrer noch in der Stadt unterwegs waren. Besonders auf der Dimitroffstraße schienen ganze Heerscharen in nördliche Richtung zu fahren. War etwa wieder was an der Gethsemane-Kirche los?

Selbst in Hohenschönhausen kamen ihm Fahrzeuge entgegen. Im Wohnzimmer brannte noch Licht. Heike saß mit glühenden Wangen vor dem Fernseher. »Sie haben dich nach Hause gelassen?«, fragte sie. »An so einem Tag?«

»Was ist Besonderes an dem Tag?« Er hatte heute noch nicht einmal gründlich die Zeitung gelesen, die ein endloses Referat vom ZK-Plenum enthielt.

»Es ist *der Tag*«, sagte sie und stand auf. Er sah, dass sie Sekt trank. »Willst du behaupten, dass ausgerechnet die schlaue Kriminalpolizei nichts davon weiß?«

»Ich habe seit dem Nachmittag mit niemandem gesprochen. Was ist denn los?«

Sie lachte hell und fremd. »Das darf doch nicht wahr sein! Er weiß es nicht!« Sie hob das Sektglas und schüttete ihm übermütig den Rest über den Kopf. »Die Mauer ist offen, mein Schatz. Und wenn du ein Kerl bist, fährst du jetzt mit mir los!«

16

Er war schon um 7 Uhr wach und konnte nicht wieder einschlafen. Eine Weile starrte er auf das Zifferblatt des Weckers und lauschte auf Heikes schweren Atem. Sie lag auf der Seite, ihm zugewandt, die Unterlippe weit vorgewölbt. Er hätte sie gerne geküsst, doch er wollte sie nicht wecken. Gestern Abend hatte sie entschieden zu viel getrunken, sodass sie zu einer ernsthaften Diskussion gar nicht mehr fähig gewesen war und er sie ins Bett getragen hatte.

Leise erhob er sich und ging ins Bad. Auf dem Rücken fühlte er die Spuren ihrer Nägel und besah sich im Spiegel die verschorften Stellen. Er lächelte. So leidenschaftlich war Heike sonst nicht.

Steve spielte begeistert mit und verzichtete beim Frühstück auf das Trink-Fix in der Milch, um seine Mutter nicht durch Löffelklappern zu wecken. Hauptsache, Papa fuhr ihn zur Schule.

Als Timm gegen acht die Wohnung wieder betrat, kam ihm Heike entgeistert entgegen. »Wo kommst du denn her?«

»Guten Morgen«, entgegnete Timm gut gelaunt. »Vom Bäcker.« Er versuchte, sie zu küssen. Sie entzog sich ihm.

»Wo ist der Junge?«

»In der Schule. Wo sonst?«

»Ich wollte gleich mit ihm los«, sagte sie abweisend.

»Möchtest du nicht erst mal frühstücken? Ich habe frische Schrippen mitgebracht.«

Er aß mit großem Appetit drei Schinkenbrötchen und brühte sich einen zweiten Topf Kaffee. Heike kaute mit langen Zähnen und guckte an ihm vorbei. Vermutlich ging es ihr nicht besonders gut.

»Wann musst du in der Praxis sein?«, erkundigte er sich mitfühlend.

»Gar nicht. Sie haben schon seit Mittwoch keine Vertretung geschickt. Die paar Spritzen schafft Maritta allein.«

»Und wohin willst du mit Steve?«

»Wohin! Wohin!«, brach es aus ihr heraus. »*Dahin*, wohin ihr mich mein ganzes Leben nicht lassen wolltet!«

Timm blieb ruhig. »Das rennt dir ja nun nicht mehr weg. Was glaubst du, wie viele Leute vor der Meldestelle anstehen.« Auf dem Weg von Steves Schule zum Bäcker war er dort an einer riesigen Menschenansammlung vorbeigekommen.

»Heute Nacht ging es auch ohne alle Formalitäten.«

»In der Zeitung steht, für Privatreisen werden wie bisher Reisepässe ausgestellt und Visa erteilt.« Er wies auf die magere Notiz, die man zwischen einem Kundgebungsaufruf der Partei und dem obligatorischen Führerbild samt Westbesucher nicht einmal auf den ersten Blick bemerkte.

»Du und deine dämliche Zeitung!«, fauchte Heike und drehte das Radio lauter. Man übertrug gerade eine lärmende Reportage von einem der Grenzübergänge.

»Und wann haben Sie sich nach dem Visum angestellt?«, fragte der Reporter schließlich. »Gor nich«, antwortete eine atemlose sächsische Stimme. »Die ham doch völlig den Durchblick verloren!«

Den hatten sie wohl wirklich verloren. Nachdem Timm in einer endlosen Fahrzeugkolonne bis auf die Warschauer Brücke vorgedrungen war und die Völkerwanderung hinunter zur Oberbaumbrücke sah, konnte er sich nicht vorstellen, wer diesen Menschenstrom aufhalten oder kontrollieren sollte. Es hatte ihn einige Mühe gekostet, Heike davon zu überzeugen, dass Steve bis zum Unterrichtsschluss in der Schule blieb. Sie hatte die Zeit für ein paar Besorgungen genutzt, und er hatte ihr großherzig versprochen, sie bis zum Grenzübergang zu begleiten. Aufzuhalten war sie nicht mehr, das sah er ein. Im Stillen hatte er gehofft, man würde sie ohne die nötigen Stempel zurückweisen, aber jetzt, an Ort und Stelle, sah es nicht danach aus. Niemand kam von dort unten zurück.

Rechts auf dem Gehweg parkten die Pkw kreuz und quer. Timm zögerte, zwängte sich dann jedoch in eine Lücke, die so schmal war, dass Heike und Steve auf seiner Seite herausklettern mussten. »Ich fahre ja in ein paar Minuten zurück«, sagte er und nahm Steve auf die Schulter, um ihm das Gedränge zu ersparen. Heike trug ihre große Einkaufstasche.

»Kommst du nicht mit in den Westen?«, fragte Steve.

»Heute nicht. Bestimmt später mal.«

»Warum nicht? Weil du kein Geld hast?«

»Ihr habt doch auch keins.«

»Weil dein Papa bei der Polizei ist und für jeden Pup eine Extragenehmigung braucht«, sagte Heike spöttisch. »Dabei würden ihm drüben hundert Mark zustehen.«

Die Menschenmasse schob sich in breiter Front auf die Öffnung zwischen einem mehrstöckigen Barackenbau und einem Viadukt zu, der über ihren Köpfen endete. »Da bin ich früher mit der Hochbahn rübergefahren«, sagte ein Mann neben Timm.

»Willst du nicht zurückgehen?«, fragte Heike. »Wir sind schon an der ersten Kontrolle vorbei!«

Timm wandte sich um. Rechts an dem steinernen Pfeiler stand wahrhaftig ein Hauptmann der Grenztruppen, dessen lässiges Winken zeigte, dass er den Dingen und den Menschen ihren Lauf ließ. Immer mehr drängten durch die Lücke.

»Zurück kann ich immer noch«, sagte Timm. Ganz wohl war ihm selber nicht dabei.

Heike schien entsetzt. »Hast du etwa deine Pistole bei dir?«, zischte sie ihm zu.

Timm verspürte ein schmerzhaftes Ziehen über dem Magen. Nein, die hatte er nicht bei sich. Die lag zu Hause im Schrank, und auch das war verboten. Die Waffe hatte am Mann zu bleiben, wie es die Vorschrift verlangte, und nicht in einem privaten Behältnis aus Spanplatten zu lagern, das sich mit jeder Büroklammer öffnen ließ. Wie aber, wenn sich der Mann auf verbotenen Wegen erging, schon weit ins Niemandsland vorgedrungen war, rechts neben sich das Brückengeländer und vor sich einen Wachturm, aus dessen Fenster der Posten fröhliche Lagemeldungen abgab. »Heinestraße lassen sie alles durch«, rief er zu einem Offizier hinüber, der auf einem Podest vor den Backsteinbögen des Hochbahnviadukts stand und versuchte, die ins Stocken geratene Menge zu beruhigen. »Es wollen auch Bürger zurück«, rief er unter dem Gelächter der Umstehenden. »Und wir haben nur eine Tür.«

Die Menschen standen dicht gedrängt, aber doch geduldig, und plötzlich kletterte eine junge Frau zu dem Offizier und überreichte ihm einen Blumenstrauß. Irgendwer begann zu klatschen. Tatsächlich bewegten sich jetzt links Leute in die andere Richtung und winkten den Wartenden zu.

»Ich komme noch mit bis zu dieser Tür«, sagte Timm. Er nahm an, dass dort erst die wirkliche Kontrolle stattfinden würde. Ein bisschen wollte er Frau und Sohn mit seiner kühlen Überlegenheit imponieren.

Heike wirkte ziemlich nervös. »Wir sind gleich drüben. Du kommst nicht mehr zurück.«

Dann waren sie wirklich an dieser Gittertür, die einer der Grenzer höflich aufhielt, und Timm kam kaum dazu, den Jungen abzusetzen, da schoben ihn die Nachdrängenden schon durch die Öffnung und über den breiten weißen Strich auf dem Pflaster.

»Wir haben es geschafft!«, schrie eine Frau emphatisch und brach in Schluchzen aus, und Timm versuchte, sich darüber klar zu werden, dass er sich seit zehn Sekunden in Westberlin befand.

Steve sah es als selbstverständlich an. »Guck mal, das

Haus da drüben ist ganz bunt. Nimmst du mich wieder auf die Schulter?«

Sie gingen an der Hochbahnstrecke entlang; Timm ein bisschen wie in Trance. Eigentlich konnte er es noch immer nicht fassen: Er, der Oberleutnant Dietmar Timm, ging mit Frau und Kind im Westen spazieren.

An der Ecke standen vor einer Bankfiliale beinahe so viele Leute, wie Timm sie am Morgen vor der Meldestelle gesehen hatte. »Wir fahren in die Innenstadt«, entschied Heike. »Da drüben ist ein Bahnhof.«

»Wir haben nicht mal Fahrgeld«, wandte Timm ein. »Und überhaupt – das war nur eine Schnapsidee von mir. Ich gehe sofort zurück …«

»Mitgegangen, mitgehangen«, sagte Heike. »Ob drei Minuten oder drei Tage – wenn sie dahinterkommen, hast du sowieso verschissen.«

Fahrgeld brauchten die Ostler nicht zu bezahlen. Und warum sollte er sich nicht wenigstens die Stadt angucken? In einem weiteren Anfall von Tollkühnheit überquerte Timm die Straße. Er fühlte sich wie in einem Traum, aus dem er aufwachen würde, wenn er sich nur dazu zwang, die Augen zu öffnen. »Wir fahren zum Ku'damm!«, sagte er übermütig. »Weißt du den Weg?«

»Du bist übergeschnappt«, war alles, was Heike darauf zu antworten wusste.

Drei Stunden später merkte er endgültig, dass seine Frau wieder einmal recht behielt. Seit einer geschlagenen dreiviertel Stunde stand er vor dem Eingang eines Kaufhauses und hielt Ausschau nach Frau und Sohn. Er musste übergeschnappt sein, sich auf diese Weise den Blicken der zu Hunderten an ihm Vorbeiströmenden auszusetzen, von denen nicht mehr als jeder Zehnte ein Westberliner war. Um das zu erkennen, brauchte man nicht einmal Kriminalist zu sein. Und mit ihm warteten noch andere Männer, deren Anoraks und Brillenmodelle Timm allzu bekannt vorkamen.

Den ersten Streit hatte es gegeben, als Heike ihn zu überreden versuchte, sich ebenfalls das Begrüßungsgeld auszahlen zu lassen, das sie für sich und Steve ohne jedes Anstehen in einer Bank direkt am U-Bahnhof in Empfang genommen hatte.

Und dann hinein in die Kaufhäuser. Im dritten flimmerten Timm die Augen vor lauter T-Shirts und Pullovern, in denen Heike unermüdlich herumwühlte, während Steve nebenan offenen Mundes nicht von den Spielwarenregalen wegzubekommen war. »Ich warte mit dem Jungen draußen«, schlug Timm vor.

Heike nickte nur. »Steve bleibt aber hier. Ich muss ihm noch Jeans kaufen.«

Also stellte sich Timm vor die Tür und erkannte nach fünf Minuten, was für eine blöde Idee das war. Er ging zurück bis zur ersten Rolltreppe und versuchte herauszufinden, in welcher Etage Kinderkleidung verkauft wurde: natürlich ganz oben. Er hastete hinauf, fand jedoch Heike und Steve noch nicht – oder nicht mehr? – dort vor. Es gab noch zwei andere Rolltreppen und hundert Möglichkeiten, wonach Heike gerade Ausschau hielt. Er fuhr wieder hinunter und wartete am Ausgang. Die beiden kamen nicht.

Bereit, jeden Augenblick zurückzustürzen, ging er vor der Schaufensterfront auf und ab. Schließlich wagte er sich um die Ecke. Auch dort gab es überraschenderweise einen Ein- und Ausgang, vor dem andere wartende Männer standen. Von Heike und Steve keine Spur. Allmählich hatte Timm das Gefühl, das jeder ihn anstarrte und jeder Zweite wusste, mit wem er es zu tun hatte. Wahrscheinlich hatte ihn längst jemand erkannt. Und wenn ihn nun einer festnehmen ließ? Wie würde die Westberliner Polizei auf einen ungebetenen Berufskollegen reagieren? Unruhig kehrte er zu seinem ursprünglichen Standort zurück, beinahe sicher, dass er seine Familie endgültig verpasst hatte.

17

Timm kannte in Westberlin keinen Menschen. Doch, einen: Ludwig Andreas Vogelsang. Der fiel ihm ein, während er eine weitere halbe Stunde im Kaufhaus und um das Kaufhaus herumirrte und darüber nachdachte, was er tun sollte, wenn er Heike und Steve nicht wiederfand.

Vogelsang fiel ihm wohl auch deshalb ein, weil ihm bewusst wurde, was er an diesem dienstfreien Freitag, der nun ganz anders verlief als jeder andere Tag in seinem Leben, ursprünglich vorgehabt hatte. Er war nicht dazu gekommen, zu Gunhild zu fahren. *Er war im Westen.* Es fiel ihm noch immer schwer, das zu begreifen. Nur widerstrebend entfernte er sich allmählich von seinem Standort. Der Duft, der einem offenen Büfett entströmte, vor dem eine lange Menschenschlange geduldig der Speisung harrte, ließ ihn schmerzhaft die Realität erkennen. Er *war* im Westen, und er hatte nicht einmal Geld, sich ein trockenes Brötchen zu kaufen.

Eine schizophrene Situation. Das war genau die Lage, vor der er sich bei seinen wenigen Auslandsaufenthalten insgeheim stets gefürchtet hatte: allein und ohne Geld in einer völlig fremden, möglicherweise sogar feindlichen Umgebung.

Er erinnerte sich an Vogelsangs Adresse: Holsteiner Ufer. Die Nummer fand sich gewiss im Telefonbuch. Doch vor den Telefonzellen an der Ecke standen ebenfalls Leute an. Nur eine Kabine war leer. Timm ging hinein und erkannte, weshalb hier niemand telefonierte: Man brauchte eine Telefonkarte.

Im zweiten dickleibigen Wälzer fand er die Adresse. Berlin 21. Wo mochte das sein? Er schlenderte in Richtung auf die U-Bahn-Station zurück, den einzigen Orientierungspunkt, den er hatte, und er wurde das Gefühl nicht los, dass jeder Ostberliner ihn anstarrte und erkannte. Nur ein langhaariger Mensch mit einem Ohrring sah so aus, als wäre er hier zu Hause. Timm fragte ihn nach dem Holsteiner Ufer. Der junge Mann sprach einen süddeutschen Dialekt und förderte bereitwillig einen zerschlissenen Stadtplan aus seiner Umhängetasche. Sie fanden das Holsteiner Ufer, und Timm suchte eine Fahrverbindung.

»Bist von drüben?«, fragte der Langhaarige. Timm nickte zurückhaltend.

»Da, behalt das Ding. Ich wollt mir eh einen neuen kaufen.« Und schon war er in der Menge verschwunden.

Timm fuhr zum Zoo und drängte sich durch die Menschenmauer, die den schmalen Bahnsteig blockierte. Erst jetzt erkannte er, dass er mit der berühmten Linie 1 gefahren war, die er schon im Film gesehen hatte. Oben fuhr die S-Bahn zu einem vertrauten Ziel: Bahnhof Friedrichstraße. Timm zwängte sich in den überfüllten Wagen und war versucht, sofort nach Hause zu fahren. Würde es zurück über die Grenze genauso leicht gehen? Aber weshalb sollte er nicht die Gelegenheit nutzen und Vogelsang durch seinen Besuch verblüffen? Eine offizielle Möglichkeit, den verdächtigen Maler zu befragen, würde sich niemals ergeben.

Entschlossen stieg er nach zwei Stationen aus und fand mühelos die stille Uferpromenade an der Spree. Das Haus mit seinen großen Glasflächen sah ganz anders aus, als Timm es gewohnt war, und man konnte nicht einfach hineingehen wie in ein beliebiges Mietshaus im Osten. Timm zögerte. Wie sollte er sich vorstellen?

»Mein Name ist Timm. Ich habe Sie vor zwei Tagen bei der Trauerfeier für Rudolf Seibold angesprochen …«

Es war wohl wirklich ein Überraschungslaut, der aus dem Lautsprecher klang. Gleichzeitig summte der Türöffner. »Ganz oben«, sagte Vogelsangs Stimme hinter ihm.

Vogelsang erwartete ihn am Lift. Er sah noch zerzauster aus als in Baumschulenweg und trug ein derbes Jeanshemd und eine farbenbekleckerte Latzhose. »Ich gratuliere Ihnen zu Ihrer neuen Freizügigkeit.« Er schüttelte Timm die Hand und lotste ihn in die Atelierwohnung. »So schnell habe ich nicht mit Ihnen gerechnet.«

Timm trat in den überdimensionalen Raum und geriet ein bisschen aus der Fassung. So etwas hatte er bisher nur in ausländischen Filmen gesehen. Maltzans ausgebauter Boden, den er noch vor ein paar Tagen nicht ohne Neid bewundert hatte, wirkte dagegen so bieder wie eine heimische Tenne in Langenleuba. Hier fand sich nichts von der Unordnung des Seibold'schen Ateliers. Überall klare Linien, glatte Flächen, wenige Möbel, und die wie aus einem Katalog für anspruchsvolle Wohnkultur. Auf der einzigen Staffelei stand eine quadratische Leinwand, auf der nur eine olivgrüne Fläche angedeutet war.

»Heute ist kein Tag dafür«, sagte Vogelsang, der Timms Blick bemerkte, und nötigte ihn in die weichen Lederkissen eines futuristischen Sessels. »Was trinken Sie? Whisky, Gin Tonic, Bier …«

»Nein, danke. Höchstens etwas Alkoholfreies.«

Der Hausherr kam schon mit den Gläsern und Eis. »Ach was, heute haben wir allen Grund, was Vernünftiges zu trinken!«

Er goss Whisky über die Eiswürfel und schob Timm den Becher zu. »Auf diesen Tag!«, sagte er.

Timm trank nur einen kleinen Schluck. Der Whisky fuhr ihm mit angenehmer Wärme in den Magen. Und im gleichen Augenblick fiel ihm ein, woran Seibold mit großer Wahrscheinlichkeit gestorben war. Er setzte das Getränk auf die Glasplatte zurück.

»Nicht so schüchtern!« Vogelsang goss sich nach. »Sie sind zwar im Dienst, wie ich annehme. Aber heute ist doch eine Ausnahme zugelassen, oder?«

Für einen Moment dachte Timm daran, dieses Missverständnis bestehen zu lassen, hielt es dann jedoch für besser, bei der Wahrheit zu bleiben. »Es handelt sich um einen ganz inoffiziellen Besuch, den ich Ihnen abstatte. Ich habe keinerlei Befugnisse …«

Vogelsang wehrte mit großer Geste ab. »Umso besser. Dann trinken wir einen miteinander und reden über Seibold und die alten Zeiten. Deswegen sind Sie hier, wenn ich es richtig verstehe.«

Timm nickte und nippte zum Schein an seinem Glas.

»Der gute Rudi …« Vogelsang nahm einen genießerischen Schluck. »Das hat ihn wohl umgebracht.« Er drehte das Glas vor seinen Augen und betrachtete nachdenklich die bräunliche Flüssigkeit zwischen den Eiswürfeln.

Timm wusste nicht recht, wie er diese Äußerung einschätzen sollte. War das der blanke Zynismus eines Mannes, der nur zu gut wusste, auf welche Weise Seibold ums Leben gekommen war – oder deutete er zu viel in Vogelsangs Worte hinein?

»Daran ist er wohl wirklich gestorben«, sagte er. »Sie haben ihm bei Ihrem letzten Besuch eine Flasche Whisky mitgebracht?«

Jetzt war es an Vogelsang, zu überlegen, wie das gemeint war. »Soll das ein Vorwurf sein? Mein lieber Herr Kommissar, bei einem Rudolf A. Seibold war eine Flasche, gleich, welcher Art, allenfalls ein Tropfen auf eine jahrzehntelang trainierte Leber. Natürlich mache ich mir heute Vorwürfe, aber ich wusste nicht, dass er tatsächlich so kurz vor dem Ende stand.«

»Sie haben ihm also die Flasche mitgebracht«, vergewisserte sich Timm.

»Zwei, wenn Sie es genau wissen wollen. Ich kenne mich doch. Und in euren Shops kauft man das Zeug günstig. Rudi hatte mir erzählt, dass er bei der Arbeit ganz gern mal einen guten Schluck nimmt. An dem Tag hat er sich ziemlich zurückgehalten. Nicht ganz so schlimm wie Sie …« Er hob einladend die Flasche.

»Das macht einen ganz nervös, wenn einer bloß so tut. Haben Sie auch was mit der Leber?«

»Nein«, antwortete Timm wahrheitsgemäß. »Ich habe nur seit heute Morgen nichts gegessen.«

»Na, ich bin ein Gastgeber!« Vogelsang war schon aufgesprungen und griff zum Telefon. Timm verstand nicht, was er bestellte, aber es schien für den Maler die normale Art zu sein, sich seine Mahlzeiten zu beschaffen.

Dann förderte er hinter der Küchentheke drei Bananen hervor. »Nehmen Sie eine als Vorspeise. Ich halte mich auch immer an das Affenfutter, wenn ich arbeite. Es macht die wenigsten Umstände.«

Timm lehnte höflich ab, doch Vogelsang gab keine Ruhe, bis er eine Banane aß. Unter Vogelsangs Blick fühlte er sich wirklich wie ein Affe bei der Futtereinnahme.

»Was mir die ganze Zeit nicht aus dem Hinterkopf will«, sagte Vogelsang. »Wenn sich die Kriminalpolizei mit Seibolds Tod beschäftigt – dann ist da was faul. Hat er Selbstmord begangen?«

Timm schluckte den letzten Bissen. »Nehmen wir einmal an, es könnte sich um einen nicht natürlichen Tod handeln«, meinte er vorsichtig. »Dazu rechnet möglicherweise auch übertriebener Alkoholgenuss. Oder die falsche Sorte ...«

Er beobachtete Vogelsangs Reaktion. Der horchte auf. »Was für ’ne falsche Sorte?«

Timm war sich bewusst, dass er hier keine ordnungsgemäße Befragung vornehmen konnte. Er war auf –

gelinde betrachtet – sehr unkonventionelle Weise zu Vogelsang vorgedrungen. Weshalb sollte er jetzt die üblichen Regeln kriminalistischer Geheimniskrämerei einhalten.

»Methylalkohol beispielsweise.«

Vogelsang setzte das halb erhobene Glas ab und lehnte sich zurück. »Scheiße!«, sagte er aus tiefstem Herzen.

Timm wartete.

Nach einer ganzen Weile begann Vogelsang tatsächlich zu reden. »Ich hatte bei diesem Brief gleich ein ungutes Gefühl«, sagte er müde. Seine kurzen, kräftigen Finger strählten die langen Haarzotteln. »Und das Schlimmste ist, dass ich mir vorwerfen muss, den guten Rudi erst darauf gebracht zu haben. Mich muss der Teufel geritten haben.«

Er versank in ein brütendes Schweigen.

»Können Sie mir das ein bisschen näher erläutern?«, fragte Timm.

Vogelsang nahm einen langen Zug aus seinem Whiskybecher und setzte ihn hart auf die Glasplatte. »Ich bin manchmal sehr unsensibel«, sagte er missmutig. »Rudi war nicht gut drauf, als ich ihn das erste Mal nach all den Jahren heimsuchte. Wahrscheinlich hatte er auch Schiss vor mir. Jedenfalls redete er ziemlich trübe vor sich hin. Nicht direkt von Selbstmord. Aber ein gewisser Lebensüberdruss klang da schon mit. Eine Art negativer Lebensbilanz. Ich denke, er war künstlerisch und wahrscheinlich auch in seinem physischen Zustand auf einem Tiefpunkt angelangt, wenn er es auch nicht zugeben wollte, angesichts einer jungen Dame, die ihre Doktorarbeit über ihn schrieb. Sie schien ihn ein wenig aufzumuntern. Ich dachte, er wollte nur Eindruck auf sie machen, als er sagte, man hätte es ja glücklicherweise selber in der Hand, rechtzeitig abzutreten, wenn das Beste vorbei wäre. Ich habe gelacht. Lieber Rudi, dazu braucht man nur einen Schuss Methyl in den schönen Whisky zu kippen, das könnte genügen.«

Er sah Timm offen ins Gesicht. »Ich habe das Zeug jahrelang zum Pinselreinigen benutzt. Einer meiner Freunde ist Chemiker. Der hatte mir einen ganzen Kanister besorgt, kostenlos. Damals ging's mir noch nicht so gut.«

Es erschien Timm zu plump, zu fragen, ob Vogelsang noch etwas davon im Hause hatte. Dessen Offenheit irritierte ihn. Verbarg sich dahinter mehr als nur das schlechte Gewissen über den Hinweis auf das Methyl?«

»Weshalb besuchten Sie Seibold damals eigentlich?«, fragte er.

Vogelsang drehte gedankenverloren eine Haarsträhne zusammen. »Das muss irgendwann Ende August gewesen sein, als ich auf die Idee kam. Mir war einfach so, verstehen Sie? Ich hatte begonnen, meine Memoiren zu schreiben, und da packte mich plötzlich die Lust, das alles wiederzusehen: die Hochschule, die alte Bude in der Jablonskistraße – da wohnt noch heute 'n Maler drin – und den alten Seibold. Aus dieser Stimmung heraus habe ich auch an Dörte geschrieben. Und dann kam der Junge. Das war für mich ein echter Pferdetritt, als der hier vor der Tür stand. Rudolf A. in persona, nur zwanzig Zentimeter größer. Ich hatte jahrzehntelang angenommen, Dörte enthält mir *meinen* Sohn vor, und ich war ziemlich sauer auf sie. Ich wollte nur nicht, dass es in ihrer Ehe Krach gab, deshalb hatte ich mich nie gemeldet. Sie war mit so einem stinkreichen Kunsthändler in München verheiratet, der Viktor als seinen eigenen Sohn anerkannt hatte. Ganz am Anfang habe ich sie einmal angerufen, und sie gab mir deutlich zu verstehen, dass ich mich da rauszuhalten hätte. Der Mann hat später sogar ein paar Bilder von mir verkauft. Ich habe nicht darauf hingewiesen, wie gut ich seine Frau kenne.«

»Sie erwähnten vorhin einen Brief …«

»Seibolds Letzten Willen? *Nach meinem Tode zu öffnen,* stand auf dem Umschlag. Ich habe ihn vorgestern Seibolds Frau überreicht.«

»Das habe ich gesehen. Wann und mit welcher Begründung übergab Ihnen Seibold dieses Dokument?«

Es klingelte, und kurze Zeit später brachte ein weißbejackter junger Chinese das Essen. Als Vogelsang die Folie von dem Tablett hob, zog ein aromatischer Duft durch den Riesenraum. »Na dann«, sagte er. »Keine falsche Scham. Ich habe auch noch nicht gegessen.«

Timms Befürchtung, Vogelsang wolle seiner Frage ausweichen, erwies sich als grundlos. Während Vogelsang geschickt mit den Stäbchen hantierte und sich Fleisch und Reis in den Mund schob, kam er von selbst darauf zurück.

»Als ich vor vierzehn Tagen bei Rudi antrat, war er wieder ziemlich down. Ich hin extra hin zu ihm, weil ich wissen wollte, wie er Viktors Besuch verkraftet hat. Viktor hatte nämlich darauf bestanden, allein zu ihm zu fahren, und das habe ich respektiert. Wir hatten uns vorher die beiden Bilder von Rudi in diesem Palast der Republik angeguckt. Ich glaube, Viktor war ziemlich enttäuscht von seinem Vater, bevor er ihn überhaupt kennenlernte. Ich weiß ja nicht, was ihm Dörte über Rudolfs Talent erzählt hatte. Meinen Geschmack hat diese Art von Malerei nie getroffen. Das wusste Rudi.«

Ein Weilchen aßen sie schweigend, Timm allerdings mit Messer und Gabel.

»Glauben Sie wirklich, dass der Sohn erst in jüngster Zeit erfahren hat, wer sein leiblicher Vater ist?«

»Ganz sicher«, sagte Vogelsang undeutlich. »Dörtes Mann ist im Frühjahr gestorben, und mein Brief war vermutlich der letzte Anlass, Viktor endlich reinen Wein einzuschenken.«

Er füllte seinen Teller nach und aß genussvoll. Timm beobachtete ihn unauffällig. Wenn dieser Mann ein schlechtes Gewissen hatte, dann verstand er es hervorragend, das zu überspielen.

»Wie verlief dieses letzte Gespräch zwischen Ihnen und Seibold?«

Vogelsang dachte nach. »Ganz normal, will ich meinen. Jedenfalls anfangs. Wir redeten über die Vergangenheit, wie das Männer in unserem Alter so an sich haben; ich trank meinen mitgebrachten Whisky und

Rudi zur Gesellschaft einen mit. Er wollte anscheinend nüchtern bleiben für das, was er mir dann höchst feierlich verkündete: Andy – Seibold war der einzige Mensch, der mich so nannte, für alle anderen bin ich Ludwig –, du bist einer der wenigen Menschen, die ich für ehrenhaft und integer halte, und du besitzt, nach allem, was immer zwischen uns geschehen sein mag, mein uneingeschränktes Vertrauen. Na, und so weiter … Jedenfalls sollte ich mich darum kümmern, dass sein Letzter Wille respektiert würde. Eine Kopie läge angeblich an sicherer Stelle, und die betreffende Person wüsste schon. Okay, habe ich gesagt und das Kuvert genommen, nun lass die Nase nicht hängen. Du hast einen prächtigen Sohn, der dich nie einen Pfennig gekostet hat, eine schöne Frau samt Tochter, Ruhm und Erfolg, und du gehst nun auch noch in die Kunstwissenschaft ein – was willst du mehr? Es hat sich doch gelohnt, dass du rechtzeitig aus dem Adolf einen Rudolf A. Seibold gemacht hast. Und nun vergiss die alten Zeiten – oder auch nicht. Wir haben alle unseren Vorteil davon gehabt.«

»Seibold hatte sich in den *alten Zeiten* nicht besonders ehrenhaft verhalten«, sagte Timm zwischen zwei Bissen. Also hatte *die Person* im Atelier wahrscheinlich nach dem Testament gesucht. Auch die Namensgeschichte war nicht uninteressant. Wollte Vogelsang ihn damit gegen Seibold einnehmen? Das Essen schmeckte fantastisch und lenkte ihn in unangemessener Weise davon ab, Vogelsang als Verdächtigen zu betrachten. »Hatte er nicht allen Grund, Ihre unangenehmen Fragen zu fürchten?«

Vogelsang fuhr mit den Stäbchen durch die Luft. »Vergeben und vergessen. Er hat mich in einer Versammlung als kosmopolitischen Formalisten entlarvt, der aus Westberlin ein Buch über Chagall eingeschleppt hatte, das ich Dussel ihm selber gezeigt habe. Das hört sich heute harmlos an, war aber eine recht böse Denunziation. In Wahrheit ging es nämlich darum, dass wir beide hinter dem gleichen Mädchen her waren.«

Er nahm einen neuen Happen, kaute flüchtig und fuhr fort: »Als jedenfalls die Rede auf mangelnde Wachsamkeit und imperialistische Agententätigkeit im Gewande des Formalismus kam, zog ich es vor, noch am gleichen Tag mein Glück jenseits der Brücken zu versuchen. Und das war gut so. Bei euch wäre niemals *der* Ludwig Andreas Vogelsang aus mir geworden. Wahrscheinlich hätte ich irgendwelche Kindergartenwände in tristem Realismo beschmaddert, statt meinem Affen Zucker zu geben. Gucken Sie sich um: Ich verdanke Rudi und den Herren Professoren und Sekretären viel. Das habe ich versucht, ihm klarzumachen. Und ganz ohne war ja mein Abgang für ihn auch nicht. Gemeinerweise überredete ich nämlich *seine* Dörte, mit mir in die S-Bahn zu steigen. Ohne zu wissen, dass sie von ihm geschwängert war. Sie hat es denn auch nur ein Vierteljahr mit mir ausgehalten.«

Er legte die Stäbchen aus der Hand und wischte sich den Mund. »Das Leben übertrifft alle Romane. Ich werde wieder ein Kapitel ändern müssen. Die Wahrheit glaubt einem sowieso kein Mensch.«

Nach diesem Essen hielt Timm sich nicht länger zurück mit dem Whisky. Auch einen langen schwarzen Zigarillo schlug er nicht aus. Er fühlte sich verunsichert. Alles, was Vogelsang erzählt hatte, klang ehrlich und überzeugend, und er wusste, dass es keine Möglichkeit geben würde, dem einen Maler schlüssig zu beweisen, dass er dem anderen als späte Vergeltung Methanol in den Whisky getan hatte.

»Sie leben hier allein?«, fragte er, um nicht ständig nur auf Seibold herumzureiten.

Vogelsang machte eine ungewisse Handbewegung. »Was heißt schon *allein*? Zum Arbeiten brauche ich meine Ruhe. Aber ich habe eine Menge für Frauen übrig, und das wird sich hoffentlich in den nächsten dreißig Jahren nicht ändern.«

Er lachte über Timms erstauntes Gesicht. »Alle bedeutenden Maler werden uralt. Picasso zum Beispiel.«

»Oder Dalí«, sagte Timm.

»Sie mögen Dalí?«, Vogelsang hob die Brauen. »Es hat sich viel geändert bei euch. Ein Polizist, der Dalí liebt.« Er schüttelte den Kopf. »Hat man Sie deshalb für diese Untersuchung auserkoren? Was werden Sie nun in Ihrem Bericht schreiben?«

»Die Selbstmordversion hat etwas Bestechendes«, sagte Timm zurückhaltend. »Selbst das geänderte Testament passt dazu. Im Augenblick sehe ich keine Lücke.« Aber im Augenblick habe ich auch zu viel Whisky getrunken, dachte er dabei.

»Er hat das Testament geändert? Wann?«

»Anscheinend unmittelbar, nachdem sein Sohn ihn

besucht hatte. Ihnen hat er die neue Fassung übergeben.«

»So rasch? Das kommt mir merkwürdig vor. Viktor war am Sonnabend bei ihm und ich am Sonntag. Von beiden Besuchen hat er vorher nichts gewusst.«

»Vielleicht hat ihn erst der Besuch seines Sohns zum entscheidenden Entschluss veranlasst …«

Vogelsang nickte düster, schien aber nicht überzeugt. »Um wie viel Kohle geht's denn?«, wollte er wissen.

»Etwa achtzigtausend Mark, soviel ich weiß.«

»Achtzigtausend Ost?« Vogelsang schnaufte verächtlich. »Ich will euch nicht zu nahe treten – aber haben Sie mal den heutigen Kurs gehört? Eins zu zehn bis eins zu zwanzig. Wenn das so weitergeht, sind eure Zehner bald als Fidibus zu gebrauchen. Seit dem Tod von Dörtes Mann verfügt Viktor schätzungsweise über ein Vermögen von drei, vier Millionen. Wenn das reicht. Achtzigtausend macht der mit zwei, drei Bilderverkäufen. Und zwar harte Mark. Außerdem hat Seibold noch eine Tochter.«

»Es handelt sich nicht um seine leibliche Tochter.«

»Das weiß ich! Das spielte für Rudi keine Rolle. Er mochte sie. Außerdem dürfte Viktor kaum Ambitionen haben, sich als Seibolds Spross zu erkennen zu geben. Einen Beweis dafür gibt es sowieso nicht, solange Dörte nicht mitspielt.«

Er schüttelte sein zotteliges Haupt. »Nein, nein. Das mit dem Testament muss einen anderen Hintergrund haben, falls er es wirklich geändert hat. Vielleicht wollte er irgendwem ein Vermächtnis hinterlassen oder so etwas.«

»Möglicherweise hat er seinem Sohn ein paar Bilder vererbt.«

»Ich glaube nicht, dass Viktor davon besonders begeistert sein wird. Aber wenn das alles vorbei ist, kriegt das Zeug unter Umständen Sammlerwert.«

»Es ist höchste Zeit für mich«, sagte Timm. Das Aufstehen fiel ihm schwer.

Als Timm von der Toilette zurückkam, hatte Vogelsang ihm noch einmal einen Whisky eingegossen. Wenn er mir jetzt auch Methanol hineingetan hat, dachte Timm beinahe amüsiert, wird es niemand erfahren ... Keiner darf auch nur ahnen, dass ich hier bin. Aber das wiederum konnte Vogelsang nicht wissen.

Timm trank noch einen großen Schluck. Vogelsang hatte eine Lampe eingeschaltet. Vor der Fensterfront stand milchige Dunkelheit.

»Beehren Sie mich mal wieder mit einem Besuch. Ich rede gerne mit jungen Leuten, die nicht aus der hiesigen *Szene* stammen. Ihre kleine Freundin hat sich auch schon angesagt.«

Timm schluckte. »Frau Steglich?«, fragte er.

»Sie rief mich heute Morgen an. Wir sind für Sonntag verabredet. Da bringe ich erfahrungsgemäß sowieso nichts Anständiges aufs Blatt. Und *sie* brennt natürlich darauf, richtig loszulegen. Ist ja auch ein Unterschied, ob man ein Denkmal errichten muss oder es vom Sockel stößt.«

Darüber hatte Timm noch nicht nachgedacht. Vogelsang begleitete ihn zum Lift. »Ich werde die Kleine mal fragen, was ich im Sommer wirklich zu

Seibold gesagt habe. Sie hat ja die ganze Zeit dabeigesessen.«

»Und das Gespräch auf Band aufgenommen.« Timm öffnete die Lifttür.

Vogelsang schien überrascht. »Davon habe ich nichts gemerkt.« Er lächelte verkniffen. »Sie haben mich ganz schön reingelegt, wie?«

»Das war wirklich nicht meine Absicht«, beteuerte Timm und sank in die Tiefe.

18

Die kühle Herbstluft erfrischte ihn. Mit Schaudern dachte er an die überfüllte S-Bahn und an den bevorstehenden Grenzübertritt. Er orientierte sich auf dem Stadtplan und fand, dass der Übergang Invalidenstraße gar nicht weit entfernt lag. Vielleicht war es dort günstiger als in den Labyrinthen des Bahnhofs Friedrichstraße, von denen seine Schwiegermutter stets mit Schaudern sprach.

Über eine Fußgängerbrücke ging er auf die düstere Gebäudemasse der Untersuchungshaftanstalt zu. Dort angelangt, wiesen ihm zwei endlose Autoschlangen den Weg: eine fließende, die ihm entgegenrollte, und eine stockende, an der Menschen entlangliefen, die alle das gleiche Ziel hatten wie er. Timm erinnerte sich daran, dass sein Trabant noch immer in der Warschauer Straße stand. Mit seiner Whiskyfahne konnte er den sowieso nicht abholen. Er musste jetzt auf dem schnellsten Weg nach Hause zu Heike und Steve.

Weit vor dem Kontrollpunkt stauten sich die Fußgänger. Nur schrittweise ging es vorwärts, und plötzlich sagte eine vertraute Stimme neben Timm: »Ich dachte, wenigstens du bist zur Parteikundgebung …«

Sein Schwager Wolfram. Timm hätte in den Boden versinken mögen, als er in das grinsende Gesicht sah. Carmen daneben machte sich ganz klein. »Haben sie es euch erlaubt?«, erkundigte sie sich mit unterdrückter Stimme. Timm, vom Whisky beflügelt, hatte eine grobe Antwort auf der Zunge, schwieg jedoch im letzten Augenblick. Stattdessen versuchte er, Carmen und Wolfram, der unentwegt schwadronierte, was alles sie seit dem Mittag gesehen hatten, im Gedränge zu verlieren. Es gelang ihm nicht.

Irgendwann ging er wie alle anderen mit aufgeklapptem Ausweis an einem überanstrengten Grenzposten vorbei und war wieder daheim. Jedenfalls so gut wie. »Wo sind denn Heike und Steve?«, fragte Carmen wohl schon zum dritten Mal, und Timm sagte: »Zu Hause.« Das hoffte er inständig.

Mit der Straßenbahn brauchte er fast eine Stunde bis nach Hohenschönhausen. Er sah schon im Näherkommen, dass in der Wohnung kein Licht brannte. Kein Grund zur Beunruhigung. Er hatte ja gesehen, was in den Verkehrsmitteln und an der Grenze los war. Außerdem würde Heike jede Minute dort ausnutzen. Wann machten in Westberlin die Geschäfte zu? Sie hatte Geld, um für sich und den Jungen etwas zu essen zu kaufen. Weshalb sollte er sich Sorgen machen.

Er wusch sich und schaltete den Fernseher ein. Alle Programme berichteten über das, was er selber gerade erlebt hatte. Er dämpfte den Ton. Aus seinem schmalen Bücherfundus suchte er den gerichtsmedizinischen Band heraus. Er erinnerte sich deutlich, dass es darin ein Kapitel über Methanol gab.

Vorkommen in reiner Form: Diebstahl aus Fabriken,

chemischen Werken ... Dosis letalis 5 bis 100 ml. Eine geringe Menge nur. War das die Lösung des Falls Seibold? Ein Mann, der sich drei Tage nach dem unerwarteten Auftauchen eines reichen Sohns aus Lebensüberdruss vergiftete, ohne einen Abschiedsbrief zu hinterlassen? Nach allem, was er inzwischen über Seibold wusste, war es schwer vorstellbar, dass er auf eine Botschaft an die Nachwelt verzichtet haben sollte. Und woher stammte das Methanol? Nicht jeder Maler besaß einen Freund in der chemischen Industrie.

Den Brief konnte Lola Belicke in den drei Stunden beiseitegebracht haben, die sie mit dem Toten allein gewesen war. Ihre Erklärung dafür stand auf so schwachen Füßen wie die Lüge, sie habe nichts von dem Sohn gewusst, der Seibold wie aus dem Gesicht geschnitten war. Wozu diese Ausflüchte? Es war klar, er musste sie nicht nur über das Testament befragen. Waren sie und Tigra darin die Erbinnen geblieben? Maltzan war Chemiker, das war ihm für einen flüchtigen Augenblick durch den Kopf gegangen, als Vogelsang von dem Freund sprach, der den Methylalkohol kanisterweise besorgt hatte.

Oder war Vogelsangs Offenheit nur vorgetäuscht? War der wirklich so locker über die Vergangenheit hinweggekommen, wie er vorgab, oder brannte in ihm doch ein Gefühl der Rache für fünfunddreißig Jahre zurückliegendes Unrecht? Noch dazu, wo es auch um eine Frau ging, die ihm einmal etwas bedeutet hat. Vielleicht hatte Vogelsang Seibold nie verziehen, dass nicht er Viktors Vater war.

Jetzt, im Nachhinein, war Timm zutiefst unzufrieden mit dem Ergebnis seines Besuchs bei Vogelsang, über den er noch dazu nicht einmal mit Dieberg oder wenigstens mit Lachmuth reden konnte. Vom Leiter der Morduntersuchungskommission ganz zu schweigen. Er hatte sich dilettantisch benommen, sich einfach, beeindruckt von der Person und den Lebensumständen, bestochen vom Essen und benebelt vom Whisky, von diesem Westmenschen einlullen lassen. Aber wo war der Ansatz, einen Ludwig Andreas Vogelsang als Mörder zu entlarven?

Timm grübelte lange darüber nach, bis sich seine Gedanken verwirrten und er im Sessel einnickte. Für einen Augenblick nur oder für eine Stunde, das vermochte er nicht zu sagen, als ihn schrilles Läuten aufschreckte. Endlich, Heike und Steve!

Erst beim dritten Klingeln merkte er, dass es das Telefon war. Er hob ab und meldete sich mit schwerer Zunge. »Ja bitte?«

Heikes Stimme klang kühl und ganz nahe. »Ich bin nicht eher durchgekommen«, sagte sie.

Timm räusperte sich und fragte: »Wo bist du denn?«

»Ich wollte dir nur sagen, dass du dir keine Sorgen zu machen brauchst. Es geht uns gut.«

Was sollte das. Timm glaubte, nicht richtig zu hören. »Bist du noch in Westberlin?«, rief er ungeduldig.

»Ja. Und ich bleibe auch hier. Das wollte ich dir vor allem sagen.«

Timm lauschte ihrer Stimme nach, als beträfe ihn der

Inhalt dieser Nachricht nicht. »Und was ist mit Steve?«, fragte er verständnislos.

»Es geht ihm gut. Er schläft schon. Kein Wunder nach all diesen Eindrücken.«

Wo schläft er, und was soll das alles, wollte Timm schreien, doch die Kehle war ihm wie zugeschnürt. Am anderen Ende hörte er Heikes Atem. Sie rief nicht aus einer Telefonzelle an. So viel war sicher.

»Ihr könnt doch nicht einfach wegbleiben«, sagte er schließlich tonlos. Er merkte, wie der Hörer in seiner Hand zitterte. »Ohne Geld und ohne alles andere …«

»Die wichtigsten Papiere habe ich mitgenommen. Das eine oder andere wirst du später schicken müssen. Oder Silke bringt es mir.«

»Heike …«, sagte Timm hilflos.

»Ach ja. Das Sparbuch habe ich heute Vormittag geplündert. Du behältst ja das Auto und die Wohnung. Da kommst du nicht einmal schlecht weg.«

»Heike!«, sagte Timm noch einmal. War das wirklich die Stimme seiner Frau, die ihm das alles in unbeteiligtem Ton mitteilte? »Das kannst du nicht tun … Der Junge …«

»Ich *habe* es getan, Dietmar. Meine Entscheidung ist endgültig.«

Timm schwieg. Er hätte am liebsten den Hörer aufgelegt und gesagt: Das ist alles nicht wahr!, aber Heike war noch nicht fertig. »Ich soll dir von Doktor Henning etwas ausrichten. Er war an dem Freitag tatsächlich bei Seibold und fand ihn bei so schlechter Gesundheit, wie es der Verlauf der Krankheit erwarten ließ.«

Das also war es. Sie war ihrem Doktor gefolgt, und er hatte ihr dabei noch geholfen.

»Bist du noch da?«, fragte sie. »Gute Nacht. Ich melde mich wieder.«

»Heike!«, brüllte Timm. Zu spät. Sie hatte aufgelegt.

19

Hatte er in dieser Nacht überhaupt eine Minute geschlafen? Er war schweißgebadet. Sein Herz schlug wie ein Dampfhammer. Unter der Dusche schlotterte er am ganzen Körper. Beim Kaffeekochen rutschte ihm der Topf aus der Hand, und er verbrühte sich.

Kurz nach sieben. Er musste telefonieren. Bei seinen nächtlichen Grübeleien war ihm nur Maritta eingefallen, Heikes Kollegin aus der Praxis. Mit zitternden Fingern wählte er ihre Nummer.

»Sie müssen mir sagen, wo sich Doktor Henning aufhält! Irgendeine Adresse oder Telefonnummer!«

Marittas schlaftrunkene Stimme. »Ich? Wie kommen Sie denn darauf?«

»Heike ist zu ihm gefahren. Ich muss sie erreichen.«

Eine lange Pause. Schließlich Maritta verlegen: »Das tut mir wirklich leid für Sie …«

Timm verstand sofort.

»Seit wann geht das mit den beiden?«

Wieder eine Pause. Dann zögernd: »Erst in den letzten Monaten … Es hat sich so entwickelt. Nehmen Sie es nicht so schwer …«

Timm knallte den Hörer auf die Gabel. Nehmen Sie es nicht so schwer!

Er versuchte, einen klaren Gedanken zu fassen. Silke! Die musste etwas über den Verbleib ihrer Schwester wissen. Er zog sich mit fliegenden Händen an; Jeans und eine alte Windjacke, die Heike nicht mochte. Einen Augenblick zögerte er, dann holte er die Makarow aus dem Schrank. Als er sich nach dem Zubinden der Schuhe im Korridor aufrichtete, wurde ihm schwarz vor Augen.

Und das Auto stand noch immer an der Warschauer Straße. Das konnte er holen, wenn er von Silke kam.

Silke bewohnte eine winzige Einzimmerwohnung in einem Hochhaus nahe der Frankfurter Allee. Sie trug nur ein Männeroberhemd, als sie die Tür öffnete und Timm erstaunt musterte.

»Ich muss mit dir reden!«

»Jetzt?«, fragte sie und machte keine Anstalten, ihn in die Wohnung zu lassen.

»Jetzt!« Timm drängte sich an ihr vorbei und war schon im Zimmer, bevor sie ihn aufzuhalten vermochte. Aus den Bettüchern auf der breiten Liege, die mitten in dem kleinen Raum stand, richtete sich ein schwarzhaariger Mann auf und sah Timm drohend an. Der hob grüßend die Hand.

Silke sprach ein paar Worte, die Timm nicht verstand, die den Südländer jedoch beruhigten. Er griente verlegen.

»Was ist denn mit dir los?«, wollte Silke wissen.

»Heike ist seit gestern mit dem Jungen in Westberlin bei diesem Henning. Du hast die Adresse.«

»Wie kommst du denn darauf? Eure Eheangelegenheiten müsst ihr schon allein klären.«

»Silke! Ich habe immer geglaubt …«

»Ja, geglaubt, geglaubt! Das ist das richtige Wort. Ihr

habt *geglaubt*! Und dabei wolltet ihr immer alles ganz genau wissen, und habt gar nichts mehr erfahren. Ich kann dir nicht helfen. Ich bin nicht gläubig.«

»Ich muss zu Heike. Verstehst du das nicht?«

Für einen Augenblick war so etwas wie Mitgefühl in ihrem Blick. Dann sagte sie nüchtern: »Das hat doch alles keinen Zweck mehr, Dietmar. Sie kehrt nicht zu dir zurück. Begreifst du das nicht? Sie will sich seit mindestens einem Jahr von dir scheiden lassen.«

Wie Timm zur Warschauer Straße gekommen war, wusste er nicht. Die Menschen zogen schon wieder in hellen Scharen auf den Grenzübergang zu, und er war versucht, einfach mitzugehen, wenigstens bis zur nächsten Telefonzelle, aber das war natürlich Unsinn. Henning lebte seit drei Wochen im Westen. Der stand noch in keinem Telefonbuch. Und doch – war es nicht das Einfachste, auch dorthin zu gehen, alles hinter sich zu lassen, Pokorny und Tietze und LEBEN & TOD, all die Toten und die Selbstmörder, die nichts mehr von der Zukunft erwarteten. Einfach neu anfangen.

Ohne Heike. Und ohne Steve?

Da saß noch der Kuschelhase auf der Hinterbank, den Steve gegen die dröhnende Karosserie legte, wenn er schlafen wollte. Timm griff danach, und plötzlich schüttelte ihn ein tiefes Schluchzen, das er minutenlang nicht beherrschen konnte. Steve! Er würde seinen Jungen nie wiedersehen.

Beinahe blind von Tränen, fuhr er zur Warschauer Brücke hinauf und merkte gar nicht, dass die Ampel schon Rot zeigte.

Lola Belicke war nicht ganz so erstaunt wie Silke, ihn am frühen Sonnabendvormittag vor ihrer Tür zu sehen. »Ich wusste, dass Sie kommen«, sagte sie gefasst. »Ich habe mich sehr dumm benommen.«

Den angebotenen Tee lehnte er nicht ab. Als er sich Zucker nahm, verschüttete er ihn mit seinen zitternden Fingern. Sie sah ihn forschend von der Seite an. Es war ihm peinlich. Sie hatte Erfahrung mit Männern, denen am Morgen die Hände flatterten.

»Die Angelegenheit mit dem Testament hat sich geklärt«, sagte sie. »Obwohl ich nach wie vor nicht weiß, ob da noch eine Kopie existiert. Ich gebe auch zu, dass ich danach gesucht habe. Gleich am ersten Tag, als ich feststellen musste, dass er das Original aus der Kassette genommen hatte. Es geht gar nicht um mich. Die Galerie bringt genug ein, sodass wir in den letzten Jahren praktisch von meinem Geld leben konnten. Und der Mietvertrag für das Haus läuft auf beide Namen. Doch als Sie davon sprachen, der Staat würde erben, und als dann diese Neffen auftauchten, wurde ich unruhig. Rudolf hat Tigra Geld versprochen, und nun bekommt sie es auch. Und Frau Loebe ihre fünftausend Mark. Auch davon wusste ich.«

Timm nickte stumm. Alles schien klar. Oder war da noch ein Haken bei der Sache?

»Dass er bezüglich seiner Bilder gewisse Sorgen hatte, verstehe ich gut. Das ist nun auch geordnet. Er hat an alles gedacht.«

Also doch der Sohn, dachte Timm, und er sagte: »Als hätte er es gewusst, meinen Sie?«

Sie sah ihn erwartungsvoll an. »Was sagt denn ihr Obduktionsprotokoll? Er hat sich doch nicht selbst etwas angetan. Oder?«

»Vielleicht doch …«, sagte Timm unbestimmt. Betraf ihn das alles eigentlich noch? Weshalb saß er hier? Nur um noch einmal mit dieser Frau zu reden, von der eine so angenehme Ausstrahlung ausging, dass er sich am liebsten an sie gelehnt und ihr all sein Unglück gebeichtet hätte?

»Nein.« Sie schüttelte energisch den Kopf. »Er hätte mir oder meiner Tochter wenigstens ein paar Zeilen hinterlassen. Da bin ich ganz sicher.«

Timm guckte auf ihre Füße, die in geflochtenen Ledermokasins steckten. »Wer könnte den Einbruch im Atelier vorgetäuscht haben? Und warum?« Er hatte Mühe, sich auf die Fragen zu konzentrieren. Letztendlich war ihm die Antwort gleichgültig.

»Hatten Sie mich im Verdacht?« Sie legte ihre Fingerspitzen auf die verbrühte Stelle an seiner Hand. Die Berührung durchfuhr ihn. »Weshalb hätte ich das tun sollen?«

Er bewegte seine Hand nicht. »Weshalb haben Sie mir verschwiegen, dass Sie Seibolds Sohn Viktor kennen?«

Sie wich seinem Blick aus. »Es war ein Schock für mich, als er an dem Sonnabend plötzlich hier vor der Tür stand, ein Ebenbild seines Vaters. Ich bedaure nur, dass Rudolf nicht mehr dazu gekommen ist, mit mir darüber zu sprechen. Ich weiß, wie sehr ihm die Vergangenheit zu schaffen machte. Von Dörte hatte er mir mal erzählt. Und nun dieser erwachsene Sohn …« Sie sah Timm an. »Haben Sie Kinder?«

Timm erhob sich abrupt. »Wenn ich noch einen Blick auf das Testament werfen dürfte«, sagte er mit steinerner Miene.

Das grindige Haus schien noch nicht zum Leben erwacht, als Timm die Treppe hinaufhastete, bis ihm die Luft ausging. Er atmete einige Male tief durch und drehte die Klingel. Nichts. Er versuchte es noch einmal und vernahm tappende Schritte hinter der Tür.

»Wer ist da?«

»Dietmar Timm.«

Sie öffnete sofort. »Entschuldige. Ich habe noch geschlafen.« Sie trug den viel zu großen Bademantel, unter dem nur ihre nackten Füße hervorguckten. »Komm rein.«

»Du bist allein?«

»Wer sollte da sein?«

»Dein Mann vielleicht …«

Sie lachte. »Von dem habe ich seit einem halben Jahr nichts gehört.«

Im Zimmer sah es nicht anders aus als elf Tage zuvor. Der Ölradiator verbreitete trockene Hitze. Sie hängte den Bademantel an der Tür auf und ging dicht an ihm vorbei zum Bett, auf das sie sich kauerte. Sie trug ein seidig glänzendes langes Nachthemd, unter dem sie ihre kleinen Füße verbarg.

»Bist du gekommen, um mich über meinen sogenannten Ehemann zu vernehmen? Diese Verbindung existiert nur noch auf dem Papier. Hat er etwas angestellt?«

Timm schüttelte den Kopf.

»Gut. Dann sprechen wir jetzt über deine Frau«, schlug sie vor.

»Nein«, sagte Timm abwehrend.

Sie lachte. »Das sollte ein Scherz sein. Komm her, du siehst so traurig aus.«

»Nein«, sagte Timm noch einmal und setzte sich ihr gegenüber in den knarrenden Korbsessel, auf dem ihre Unterwäsche lag. Er merkte es zu spät.

»Wir müssen miteinander reden.« Er hatte von Anfang an vermeiden wollen, sie zu duzen.

Sie legte kokett den Kopf zur Seite. »Vorher?«, erkundigte sie sich ernsthaft.

Timm errötete bis zum Haaransatz. »Was wissen ...« Er unterbrach sich. Es gelang ihm einfach nicht, sie als Frau Steglich anzusprechen. »Was weißt du über die Wirkung von Methylalkohol?«

Sie hob die runden Schultern. »Das ist ein brauchbares Fleckenwasser.«

»Woher weißt du das?«

Sie sah ihn wachsam an. »Mein Vater hat gelegentlich sein Moped damit betrieben«, sagte sie zögernd. »Er brachte das Zeug aus der Chemiebude mit, in der er arbeitete. Was ist damit?«

»Jemand hat es dem Whisky beigemischt, den Vogelsang für Seibold mitgebracht hatte. Seibold trank davon und starb eines qualvollen Todes.«

Sie erschauerte, und ihr Busen straffte das seidige

Hemd. »Bei eurer Firma nehmt ihr immer nur das Schlimmste an«, sagte sie stirnrunzelnd.

Timm schüttelte den Kopf. »Es war jemand, der Seibolds Atelier und seine Trinkgewohnheiten ziemlich gut kannte und der zudem wusste, wie gefährlich Methanol ist. Jemand, der sehr erschrocken war, als sich die Kriminalpolizei für Seibolds Tod interessierte, und der möglicherweise das Atelier durchsucht hatte.«

Ihre Stimme klang belegt. »Und wer sollte das deiner Meinung nach sein?«

»Jemand, den Seibold in seinem Testament bedacht hat und der noch anderen Vorteil aus Seibolds Tod zu ziehen gedachte.«

Sie schob ihre kräftigen Waden unter dem Nachthemd hervor und setzte sich auf die Bettkante. »Das hast du dir herrlich ausgedacht!« sagte sie und stand auf. »Wie im Kino.«

»Bleib sitzen«, bat Timm. »Ich bin noch nicht fertig.«

Sie gehorchte widerstrebend. »Da bin ich gespannt.«

»Dieser Person sind einige entscheidende Fehler unterlaufen«, fuhr Timm mit eintöniger Stimme fort. »Die Whiskyflasche war uns in die Hände gefallen, und falls die Person später bei dem Einbruch ins Atelier tatsächlich das Testament fand, so handelte es sich allenfalls um das Duplikat. Das Original hatte Seibold an sicherer Stelle deponiert.«

Er sah sich im Zimmer um, stand auf und bückte sich nach einem Schuh unter dem Regal. »Und sie hinterließ eine Schuhspur auf dem Baumstamm vor dem Atelier. Größe sechsunddreißig.« Er hielt ihr die Schuhsohle entgegen.

»Jetzt spinnst du wirklich!«, sagte sie leise.

Timm schüttelte abermals den Kopf. »Ein anderer Fehler war noch gravierender. Der Einbruch fand erst statt, nachdem du von mir etwas von einer möglichen Testamentsänderung erfahren hattest. Dir war plötzlich bewusst geworden, dass dein Name in diesem Dokument mich auf die richtige Spur bringen würde. Ich komme eben von Frau Belicke und habe Einsicht in Rudolf Seibolds Letzten Willen genommen. Darin vermacht er in einem Nachtrag Gunhild Steglich alle seine Bilder und Werke, die sich zum Zeitpunkt seines Todes in seinem Atelier befinden, weil nur sie auch in Zukunft das notwendige Verständnis für seine Kunst aufbringen wird.«

Sie war auf ihr Bett zurückgesunken und blies verächtlich die Backen auf. »Und deshalb sollte ich ihn umbringen? Das ist doch hirnrissig. Ich weiß am besten, was sein Werk wert ist: nichts. So was haben in den letzten Jahren nicht mal mehr die Kulturhäuser gekauft.«

»Eben. Jetzt darfst du das aussprechen. Er musste nur rechtzeitig sterben. Und dabei half dir Vogelsangs Idee. Das war ein weiterer Fehler. Du hast behauptet, es gäbe keine Bandaufnahme vom ersten Gespräch Seibold-Vogelsang. Die gab es aber doch, und du hast später die Stelle gelöscht, wo Vogelsang sich über die tödliche Wirkung von Methylalkohol ausließ.«

»Das ist völliger Unsinn.« Sie wollte erneut aufstehen. »Frage doch Vogelsang!«

»Genau das habe ich gestern getan. Er hat mich auf dein wahres Motiv gebracht. Seibold und seine Bilder waren dir immer gleichgültig. Du willst nur deine Dissertation schreiben. Als dir klar wurde, dass so, wie die Dinge sich hierzulande entwickeln, Seibolds Ära endgültig zu Ende geht, hast du beschlossen, aus der Not eine Tugend zu machen. Mit *Seibold und die beispielhafte Wirkung seines Frühwerks* ist jetzt kein Doktorhut mehr zu gewinnen. Was du vorher vielleicht gewollt, aber nicht gewagt hast – jetzt *musst* du es tun: Seibold vom Sockel stoßen. Aber du hattest Skrupel – nein, wahrscheinlich warst du einfach nur zu feige, Seibold bei Lebzeiten dein vernichtendes Urteil anzutun. In seiner depressiven Stimmung hätte ihn das womöglich tatsächlich in den Selbstmord getrieben. Und vor der öffentlichen moralischen Schuld am Tod eines Mannes, der so grenzenloses Vertrauen zu dir hatte, dass er dir seine Bilder hinterließ und nicht seinem Sohn, hast du dich mehr gefürchtet als vor einem heimlichen Mord.«

»Was weißt du denn!«, sagte sie und erhob sich endgültig. »Wer will beweisen, dass er nicht selber ganz begierig auf Vogelsangs Idee mit diesem Methyl reagierte. Seine Welt bricht Stück für Stück zusammen. Er *wollte* sterben! Er war ein kranker Mann. Und wenn du es genau wissen willst – nicht nur in künstlerischer Hinsicht impotent.«

Timm ging zur Tür. »Seibold war ein pathetischer

Mensch«, sagte er. »Er hätte einen Abschiedsbrief hinterlassen.«

Sie stand mit dem Rücken zu ihm und zog sich das Nachthemd über den Kopf. Mit schnellen Schritten war sie bei ihm. »Deine Geschichte glaubt dir kein Mensch! Schon gar nicht, nachdem du mit mir geschlafen hast! Wollten Sie mich auf diese Weise überführen, Herr Oberleutnant?«

Timm blickte sie düster an und tappte durch den halbdunklen Korridor hinaus.

Eine halbe Treppe tiefer steckte der Schlüssel in der Toilettentür. Er schloss auf und lauschte. Oben in der Wohnung blieb es still. Er setzte sich auf die hölzerne Beckenverkleidung und starrte aus dem kleinen Fenster in den Hof. Er versuchte, nicht an Steve zu denken, sondern an seinen Beruf, an dem er jahrelang gehangen und in dem er Hunderte von Leichen gesehen hatte. Nun war sogar sein Traum in Erfüllung gegangen, wenigstens einmal einen kaltblütigen Mord aufzuklären. Er war für einen halben Tag in einer fremden Welt gewesen, hatte einmal in seinem Leben echt chinesisch gegessen und schottischen Whisky getrunken. Und er war einmal in seinem Leben fremdgegangen …

Er schloss die Augen vor der saugenden Tiefe des Hofs. Unter seiner Achsel spürte er den Druck der Makarow.

Harry Thürk
Die tätowierte Unschuld
176 Seiten
ISBN 978-3-86941-309-9

Wer sich in der Millionenstadt Hongkong mit dem Boss einer Triade einlässt, lebt äußerst gefährlich. Das weiß auch Privatdetektiv Lim Tok und übernimmt dennoch den delikaten Auftrag: Drei einflussreiche Geschäftsmänner sind jeweils nach dem Genuss von Fugu gestorben, einer japanischen Fischspezialität, die unprofessionell zubereitet absolut tödlich wirkt. Verdächtig ist jedoch, dass die Reste der Mahlzeit einwandfrei waren und die nächtlichen Begleitdamen nach dem Essen diskret verschwanden. Lim Tok nutzt seine guten Beziehungen zur Polizei und Unterwelt und macht sich an die Ermittlungen.

Max Adam
Stirb du für mich
288 Seiten
ISBN 978-3-86941-310-5

Privatdetektiv Dirk Adam begegnet einer aufregend schönen Frau. Nach einer atemberaubenden Nacht ist sie spurlos verschwunden und er plötzlich der Babysitter ihrer einjährigen Tochter. Die Suche nach der Mutter führt ihn von Berlin auf die Kanarischen Inseln. Dort hat man die Leiche einer jungen Frau entdeckt, die eine gewisse Ähnlichkeit mit der Mutter des Kindes aufweist. Aber wer ist diese Frau? Wer hat sie ermordet? Und warum? Als Privatdetektiv Adam ins Visier der Polizei gerät, beginnt er selbst zu ermitteln.

Gert Prokop
So blond, so schön, so tot
256 Seiten
ISBN 978-3-86941-311-2

Eine junge Frau wird in einem gottverlassenen Winkel des Thüringer Waldes tot aufgefunden. Ob es Selbstmord war, ein Unfall oder gar Mord, lässt sich schwer nachweisen. Marion Kugler war eine faszinierende Schönheit – die Ermittlungen über ihr Leben ergeben jedoch nur erstaunlich wenige Auskünfte. Trotz ihres geringen Einkommens als Chemielaborantin konnte sie ihren alten Vater großzügig finanziell unterstützen, führte ein kostspieliges Leben und wollte in wenigen Wochen nach Neuseeland ausreisen. Aber woher oder von wem bekam sie all das Geld dafür?

Tom Wittgen
Tod im Regen
208 Seiten
ISBN 978-3-86941-312-9

Eine einsam gelegene Fernfahrergaststätte am Rande einer brandenburgischen Kleinstadt ist der Schauplatz eines blutigen Verbrechens. Mit drei tödlichen Schüssen wird eine junge Kellnerin vor dem »Blue Dream« in einer regnerischen Nacht niedergeschossen. Man munkelt, dass ganz in der Nähe ein illegales Waffenlager versteckt sein soll. Musste die attraktive Frau ihr Wissen über den verborgenen blühenden Handel teuer bezahlen? Oder war pure Eifersucht im Spiel? Ein spannender Kriminalroman voller überraschender Wendungen, der Vorlage für einen Film der Polizeiruf-110-Serie war.

Steffen Mohr
Blumen von der Himmelswiese
224 Seiten
ISBN 978-3-86941-308-2

Eine junge Frau kommt auf den Gleisen der Schnellbahn ums Leben. Als ihr Ehemann Norbert nach dem tödlichen Unfall sofort zu seiner Geliebten Roswitha zieht, ist die lebensfrohe Krankenschwester überglücklich. Doch das anfängliche Paradies wird zu einem quälend engen Raum. Nichts lässt sich voreinander verbergen, unerwartete Eigenschaften treten hervor und plötzlich erscheint Vergangenes in einem ganz anderen Licht. Roswitha stellt sich immer öfter beängstigende Fragen: War der Tod der Frau wirklich ein Unfall? Und welche Zukunft hat Norbert ihr zugedacht?